Edgar Rai
Salto rückwärts

© Frank Peters

Edgar Rai, geboren 1967, studierte Musikwissenschaften und Anglistik in Marburg und Berlin. Er arbeitete unter anderem als Chorleiter, Basketballtrainer, Redakteur und Handwerker. Seit 2001 ist er freier Schriftsteller und seit 2003 Dozent für kreatives Schreiben an der FU Berlin. Edgar Rai hat bereits mehrere Romane für Erwachsene veröffentlicht; ›Salto rückwärts‹ ist sein erster Jugendroman. Weitere Informationen über den Autor unter www.edgarrai.de

Edgar Rai

Salto rückwärts

Roman

Deutscher Taschenbuch Verlag

Für Leoni, Moritz und Nelly

Originalausgabe
In neuer Rechtschreibung
Dezember 2009
© 2009 Deutscher Taschenbuch Verlag GmbH & Co. KG,
München
www.dtvjunior.de
Umschlagkonzept: Balk & Brumshagen
Umschlaggestaltung: Jorge Schmidt und Tabea Dietrich
unter Verwendung von Fotos von Jan Roeder
Lektorat: Katja Frixe
Gesetzt aus der Aldus 10,25/13,25˙
Gesamtherstellung: Druckerei C. H. Beck, Nördlingen
Gedruckt auf säurefreiem, chlorfrei gebleichtem Papier
Printed in Germany · ISBN 978-3-423-78240-1

Oft liegt das Ziel nicht am Ende des Weges,
sondern irgendwo an seinem Rand.

Ludwig Strauss (1892–1953)

DAVOR

1

Ich hab Mist gebaut. Dachte ich jedenfalls. Bis vorgestern. Aber dann ist das mit Jonas und Felix und Nelly passiert, und das mit Kai natürlich. Und seitdem steht mein Leben kopf. Ich hab noch überhaupt keinen Schimmer, wie das alles weitergehen soll, aber darauf kommt es vielleicht auch gar nicht an. Ich bin übrigens Frieda. Letzte Woche hatte ich Geburtstag, am 4. August, um genau zu sein. Bin vierzehn geworden. Ein total doofes Alter. Dachte ich. Irgendwie kein Kind mehr, aber vom Erwachsensein noch kilometerweit entfernt, noch keine richtige Frau, aber auf *jeden Fall* kein Mädchen mehr. Mit fünfzehn oder sechzehn, dachte ich, da bist du endlich wer. Aber auch da habe ich mich getäuscht. Jetzt weiß ich, dass man mit vierzehn auch schon wer sein kann.

An meinem Geburtstag jedenfalls hat alles angefangen. Mama war nicht da, ich meine Natascha – so heißt meine Mutter. Jedenfalls war sie mal wieder nicht da. Dabei hatte sie mir hoch und heilig versprochen, dass wir uns einen schönen Tag machen würden, nur sie und ich – wo die anderen vier As alle schon im Urlaub waren. Die anderen vier As, das sind Lara,

Anna, Sophia und Mira, die eigentlich Palmira heißt und sich in einen Alien verwandelt, wenn du sie mit ihrem vollständigen Namen ansprichst. Zusammen sind wir die fünf As, weil alle unsere Namen mit A aufhören. Und alle außer mir waren im Urlaub. Eine Geburtstagsfeier fiel also schon mal flach. Ich hätte mit Henni und Josi feiern können und normalerweise hätte ich die auch eingeladen, aber ohne die vier As wäre das gewesen wie Burger mit Pommes – ohne Burger. Nicht, dass Pommes nicht schmecken würden, aber ohne Burger fehlt eben das Beste. Dann lieber mit Mama einen schönen Tag machen, shoppen, Schwimmbad, Eis, Kino …

Zwei Tage vor meinem Geburtstag kam Mama dann mit einer DVD nach Hause, als Geschenk verpackt. *Casino Royal*, mein Lieblingsfilm. Sie wollte essen gehen, »Wohin du willst, Süße«, und danach mit mir zusammen den Film ansehen. Wir gingen ins *Mexicali*. Da kriege ich Mama sonst nur rein, wenn ich ihr eine Eins in Latein vorlege oder so, mit anderen Worten: nie. Sie hasst Burger, egal ob mit oder ohne Pommes, und als sie sagte, es schmecke ihr heute richtig gut, hatte ich bereits einen ersten Verdacht. Zu Hause lagen dann plötzlich zwei Pakete auf dem Couchtisch, in Seidenpapier mit Schleifchen drum. Die Puma-Sneakers, von denen ich ihr vorgeschwärmt hatte, und die Bogner-Tasche, die ich so gerne als Reittasche haben wollte. Und da wusste ich, dass etwas faul sein musste.

»Sagst du es mir freiwillig oder muss ich bohren?«, fragte ich.

»Was meinst du denn?«

»Ich meine, warum mein Geburtstag plötzlich zwei Tage früher stattfindet.«

»Ach Frieda«, sagte sie und dann fiel sie in sich zusammen.

Eigentlich ist Mama ganz in Ordnung. Ein bisschen hysterisch, aber sie gibt sich Mühe und nervt nicht so wie Tante Katharina, zu der ich gleich noch komme. Diese »Ach Frieda«-Nummer allerdings kann ich echt nicht mehr hören. Das macht Mama immer, wenn sie ein schlechtes Gewissen hat. Dann schrumpelt sie zusammen wie ein Ballon und landet vor dir auf dem Fußboden. Das Dumme daran ist: Sie macht das ziemlich gut und zum Schluss tut sie mir meistens mehr leid, als ich sauer auf sie sein kann. Es sei denn, es passiert zwei Tage vor meinem vierzehnten Geburtstag und ohne meine vier As.

»Lass mich raten …« Vor Wut warf ich die neuen Sneakers auf den Boden. Goodbye, unser Kater, jaulte auf, sprang vom Sofa und verkroch sich unter dem Couchtisch. »Die Kollektion ist verschwunden, der Laufsteg ist explodiert, die Models sind verhungert …«

»Ach Frieda …«

»Und hör auf mit deinem blöden ›Ach Frieda‹!«

Ich rannte die Treppe rauf und schlug die Zimmertür hinter mir zu. Ich hasse es, wenn ich weinen muss. Dann fühle ich mich jedes Mal wie ein doofes, kleines Kind. Und Mama sollte es auf gar keinen Fall sehen.

Mama wartete eine Weile, bevor sie an die Tür klopfte. Ich lag auf dem Bett.

»Bin nicht da!«, rief ich.

Kurz darauf klopfte sie wieder.

»Bin immer noch nicht da!«

Natürlich machte sie trotzdem auf.

»Mann Mama, du weißt genau, dass du nicht in mein Zimmer gehen sollst, wenn ich nicht da bin.«

»Entschuldige bitte, aber ich dachte, ich kann mal eine Ausnahme machen. Schließlich bist du nicht da und wirst es nie erfahren.«

»Sehr witzig.«

Danach hatte sie mich schon fast wieder auf ihrer Seite, aber so einfach wollte ich es ihr nicht machen. Also drehte ich mich zur Wand, sagte gar nichts und wartete auf die Erklärung, die gleich kommen würde.

»Miriam hat angerufen«, fing Mama an, »das Fitting war eine Katastrophe. Ich hatte alles akribisch vorbereitet, aber drei der Models sind kurzfristig ausgefallen und jetzt muss alles neu angepasst werden. Frieda, Schatz, glaub mir, das war wirklich nicht vorherzusehen.«

Ich drehte mich zu ihr um. »Es ist nie vorherzusehen, Mama. Und trotzdem passiert es immer wieder.«

Mama ließ den Kopf sinken und verkniff sich ein

weiteres »Ach Frieda!«. Jetzt tat sie mir doch leid. Sie
hatte nun mal viel zu tun, und wenn sie bei den Mes-
sen nicht dabei war, drohte der Auftritt ihres Labels
jedes Mal im Chaos zu versinken. Trotzdem war übermorgen mein vierzehnter Geburtstag.

»Ich hab gestern mit Katharina gesprochen«, sagte
Mama. »Sie freut sich, wenn du kommst.«

»Kotz, würg.«

Womit wir bei Tante Katharina wären. Sie ist Mamas
Schwester. Wenn Mama unterwegs ist, muss ich normalerweise zu ihr. Sie hat ein extra Zimmer für mich,
das sie Gästezimmer nennt, auch wenn ich bei ihr
noch nie Gäste gesehen habe und alles, was im Schrank
hängt, von mir ist. Tante Katharina gibt sich Mühe,
genau wie Mama, nur dass es bei ihr einfach nicht
funktioniert.

Ich glaube, es liegt daran, dass sie keine eigenen
Kinder hat. Sie wollte nie welche, sagt sie. Glaube ich
aber nicht. Jedenfalls behandelt sie mich immer noch
wie eine Sechsjährige, und wenn Mama länger als
drei Tage weg ist, kriegen wir uns unter Garantie in
die Haare. Letztes Jahr, als ich zum ersten Mal meine
Tage bekommen habe, war ich ausgerechnet bei ihr.
Ob sie mir vielleicht eine von ihren Slipeinlagen geben könne, habe ich gefragt, darauf lief sie durch die
Wohnung, als käme gleich der Papst zu Besuch. »Das
Mädchen bekommt seine Tage«, rief sie und griff sich

das Telefon. »Ich muss sofort deine Mutter anrufen.«

Wenn ich ins Bett gehe, fragt sie mich immer noch, ob ich mir auch *wirklich* die Zähne geputzt habe, und bis ich meine Tage bekam, wollte sie mir Gutenachtgeschichten vorlesen. Am meisten aber nervt mich, wenn sie mir Essen auf den Teller schaufelt, obwohl ich längst satt bin. »Du brauchst was auf die Rippen«, sagt sie. Dabei bin ich überhaupt nicht dünn. Das letzte Mal, als ich bei ihr war, habe ich ihr das auch gesagt: »Ich bin nicht zu dünn. Ich bin einfach nur nicht so dick wie du.« Danach schmollte sie tagelang wie ein Baby.

Aber Moment mal! Was hatte Mama da eben gesagt? Ich setzte mich auf die Bettkante. »Du hast *vorhin* erfahren, dass du nach Mailand musst …«

»Nach Paris, Süße.«

»Mir doch egal! Von mir aus nach Sibirien. Jedenfalls hast du *vorhin* erfahren, dass du wegmusst, und hast *gestern* schon mit Katharina telefoniert?«

Mama ist die schlechteste Lügnerin, die man sich vorstellen kann. »Ich …«, stammelte sie.

»Du hast mich belogen!« Jetzt war ich erst richtig sauer. »Du hast längst gewusst, dass du an meinem Geburtstag nicht da sein würdest! Igitt, Mama! Das ist so …« – ich suchte nach dem passenden Wort, fand aber keins – »… brruuaargh von dir!«

Mama sah aus, als würde sie sich gleich in weißen Schleim verwandeln und die Treppe ins Wohnzimmer runterglibbern.

»Ach Fr…«

»Und hör endlich auf mit deinem blöden ›Ach Frieda‹!«

Ich schickte sie aus dem Zimmer und drehte mich wieder zur Wand. Vor Wut trat ich gegen den Bettpfosten und verstauchte mir den großen Zeh. Darüber wurde ich so wütend, dass ich nicht mal mehr weinen konnte, was wiederum ganz gut war. So lag ich, bis es dunkel wurde.

Ich war schon halb eingeschlafen, als ich Mama ins Zimmer kommen hörte. »Wie gut, dass Frieda nicht da ist«, flüsterte sie.

Dann setzte sie sich auf mich drauf und tat so, als bemerke sie mich gar nicht, und ich rief »Du tust mir weh«, und sie sagte »Nanu, du bist ja doch da«, und dann kitzelte sie mich durch, bis ich keine Luft mehr bekam, und entschuldigte sich und sagte, dass ich recht hätte und es wirklich total doof von ihr gewesen wäre, mich zu belügen, aber sie hätte doch so gerne meinen Geburtstag mit mir gefeiert und sei einfach zu feige gewesen und, wie auch immer, sie hoffe, sie hätte etwas daraus gelernt, und wie wär's, wenn ich als Geste der Versöhnung einen Wunsch frei hätte, irgendeinen, und da sagte ich: »Alleine zu Hause bleiben.«

»Du willst nicht zu Katharina?«

15

»Du hast gesagt, ich hab einen Wunsch frei.«

»Aber Katharina freut sich, wenn du …«

»Ich weiß, Mama, aber ich nicht.«

Sie überlegte kurz, bevor sie ihren letzten Versuch unternahm: »Aber du bist doch erst …«

»Vierzehn!«, rief ich dazwischen. »Ab übermorgen bin ich vierzehn und damit beschränkt geschäftsfähig – was immer das heißt.«

Sie nahm eine Haarsträhne und wickelte sie um ihren Finger.

»Steh mal auf«, sagte sie und dann stellten wir uns einander gegenüber. Sie strich mir über die Schultern. »Jetzt geh ich dir schon nur noch bis zur Nase.«

Ich sagte nichts und dann sah ich, dass sie beinahe angefangen hätte zu weinen.

Sie räusperte sich: »Was willst du denn machen – so alleine die ganze Zeit?«

»Fernsehen und Süßigkeiten essen.«

»Aber du sollst doch nicht immer …«

Typisch Mama: Ironiefaktor null. »War'n Scherz, Mama. Mir wird schon was einfallen.«

»Aber sind deine Freundinnen nicht alle im Urlaub?«

Noch mal typisch Mama: mir Dinge erzählen, die ich schon weiß. »Danke, dass du mich daran erinnert hast.«

»Okay«, seufzte sie. »Aber nur unter der Bedingung, dass Katharina einmal am Tag vorbeikommt und nachsieht, ob alles in Ordnung ist.«

»Okay, aber nur unter der Bedingung, dass sie nicht versucht, mich zu mästen.«

Mama fasste mich wieder an den Schultern. »Wie erwachsen du schon bist. Und wie einsichtig.« Sie versuchte, mich auf die Stirn zu küssen, kam aber nur bis zur Nase. »Was für eine tolle Tochter ich habe.« Jetzt musste sie sich doch eine Träne aus dem Augenwinkel wischen. »Wenn ich wieder da bin, gehen wir als Erstes ins Kino und dann fliegen wir in den Urlaub, wohin du willst, eine Woche, mindestens.«

2

Am Tag vor meinen Geburtstag hatte ich mich noch gefreut. Ich konnte machen, wozu ich Lust hatte, egal was. Ich konnte ins Kino gehen und Chips essen, bis mir schlecht wurde. Ich konnte bis um elf schlafen, mir Toast machen, im Bett frühstücken und alles voll-krümeln, die Kelly-Clarkson-CD einlegen, voll auf-drehen und auf dem Balkon tanzen. Dann kam mein Geburtstag und ich blieb bis mittags im Bett liegen, ohne mir Frühstück zu machen. Schon bei dem Ge-danken daran, dass niemand außer mir in der Woh-nung war, fühlte ich mich wie bei Omas Beerdigung. Ich drehte mich von links nach rechts und von rechts nach links, scheuchte Goodbye aus dem Zimmer und stand erst auf, als um halb eins das Telefon klingelte.

Es war Mama und eigentlich rief sie nur an, um mir zu sagen, dass sie total im Stress sei und später noch mal anrufen würde. Irgendwann riefen dann noch Lara aus Südafrika, Sophia von Sardinien und Mira von irgendeiner Südseeinsel an. Ich freute mich jedes Mal, dass eine der anderen As an meinen Ge-burtstag gedacht hatte, und war danach immer noch ein bisschen trauriger, alleine in München zu sitzen.

Um halb vier war es wieder Mama: Sie hatte immer noch tausend Sachen gleichzeitig zu tun und würde es später noch mal probieren. Dann klingelte es an der Tür und Tante Katharina kam mit einer selbst gebackenen Schwarzwälder Kirschtorte, und das war am traurigsten von allem. Was konnte schlimmer sein, als sich ausgerechnet an seinem vierzehnten Geburtstag mit einer Tante, die man nicht mochte, über eine Torte hinweg anzuschweigen?

»Für mich nur ein *ganz* kleines Stück«, sagte Tante Katharina und schob geziert den Tortenheber unter ein Stück, das für mich ganz normal groß aussah. Wenig später war sie bei ihrem dritten *ganz* kleinen Stück angelangt, während ich mein erstes noch immer kaum angerührt hatte. »Schmeckt's dir nicht?«, fragte sie mit einem Sahnebart auf der Oberlippe.

»Doch«, sagte ich.

Als sie endlich, endlich, endlich gegangen war, ließ ich mich auf das Sofa fallen, drehte mich auf den Rücken, auf die Seite und auf den Bauch, legte die Füße mit den neuen Sneakers erst auf dem Tisch ab, anschließend auf dem Sofa und dann, den Kopf nach unten, auf der Rücklehne. Ich legte mir eins der großen Kissen auf den Kopf, anschließend bedeckte ich meinen ganzen Körper mit ihnen. Schließlich zog ich die Sitzpolster heraus, legte mich auf das Gestell und türmte so viele Polster und Kissen über mir auf, bis alles wieder einstürzte. Zum Schluss arrangierte ich alles auf dem Boden zu einer Sitzburg, legte die neue DVD ein, ließ mich rücklings in mein Lager fallen und schaltete den Fernseher ein.

Ich sah mir den ganzen Film an, inklusive Trailer und Bonusmaterial. Die Szene im Casino, nachdem Bond sein ganzes Geld verloren hat und mit Vespa auf dem Balkon steht, zweimal. Und die im Zug, als er und Vespa sich gegenübersitzen, sogar dreimal. Als es nichts mehr gab, das ich nicht schon mindestens einmal gesehen hatte, merkte ich, dass ich schon seit Stunden Hunger hatte. Goodbye saß zu meinen Füßen und starrte mich aus seinen blauen Augen an, als wolle er sagen: »Glaubst du etwa, ich habe keinen Hunger?«

Wenn man es genau nimmt, ist Goodbye übrigens gar nicht *unser* Kater, sondern Sörens. Und eigentlich heißt er auch nicht Goodbye, sondern Manfred. Sören ist Mamas letzter Freund. Gewesen. Und Goodbye, also Manfred, ist alles, was von ihm noch übrig ist, seine Hinterlassenschaft, wie Mama es nennt. Ich bin ganz froh, dass Goodbye geblieben ist. Genauso froh wie darüber, dass Sören nicht geblieben ist. Sein Kater war mir von Anfang an sympathischer.

Als Mama Sören zum ersten Mal mit nach Hause brachte, war er noch ganz höflich. Gut, er hatte einen Schnauzbart und sah auch sonst aus wie aus einem alten Western, aber Mama hatte so ein hoffnungs-volles Leuchten in den Augen und da dachte ich, na schön, *ich* muss den Schnauzbart ja nicht küssen. Beim zweiten Mal fläzte Sören sich auf unser Sofa, als wäre es seine Wohnung, und begrüßte mich mit »Na, Schätzchen«. Beim dritten Mal brachte er seinen Kater mit und Mama flog in seine Arme und rief: »Mucki, mein Mucki!« Und damit meinte sie Sören, nicht seinen Kater. Danach bin ich immer nach oben in mein Zimmer geflüchtet, sobald er durch die Tür kam.

Der Spuk dauerte ungefähr drei Monate, dann fand Mama heraus, dass ihr Mucki verheiratet war und seine Frau keine Ahnung hatte, was ihr Mann sonst noch so trieb. Als Mama ihn fragte, was er sich dabei gedacht habe, fing Sören an, sich zu winden wie die Klematis auf der Dachterrasse. Seine Ehe sei zerrüttet, er habe es seiner Frau schon lange sagen wollen, aber sie sei so wahnsinnig schwierig, sehr labil, streng genommen reif für die Psychiatrie, bla bla bla … Mama meinte hinterher, seine Nase sei länger und länger geworden. Jedenfalls hat sie ihm gesagt, er könne sich melden, sobald er seiner Frau »reinen Wein« eingeschenkt hätte – auf keinen Fall vorher! –, und ihn aus der Tür geschoben.

Ich kam aus meinem Zimmer und stand noch oben auf der Galerie, da sah sie zu mir auf und sagte: »Ich schätze, das war's, Frieda.«

Danach war ihre Kraft plötzlich verpufft und sie sank auf das Sofa, die Hände zwischen die Oberschenkel geklemmt.

»Vielleicht kommt er ja wieder«, meinte ich und hoffte das Gegenteil.

»Sollte mich wundern. Hab ihm letzte Woche tausend Euro geliehen.«

Ich ging zum Kühlschrank und mixte ihr einen Campari Orange mit etwas mehr Campari, als sie sonst nahm. Sie sagt immer, Campari Orange erinnert sie an Italien.

»Sören war nicht der Richtige«, versuchte ich sie zu trösten und ließ mich neben ihr auf das Sofa fallen.

Mama nahm einen großen Schluck. »Weiß ich doch.«

»Und warum weinst du dann?«

»Weil er nicht der Richtige war.«

Ich nahm sie in den Arm. Das geht ganz gut, seit ich größer bin als sie. Mama sagt, das hätte ich den Genen meines Erzeugers zu verdanken. Der Kater sprang auf das Sofa und rollte sich in ihrem Schoß zusammen, als wollte er sich für das Betragen seines Herrchens entschuldigen.

»Und was ist mit Manfred?«, fragte ich.

Sie strich ihm über den Kopf: »Den behalten wir natürlich – wo ich schon tausend Euro für ihn bezahlt habe. Wir können ihn ja ›Auf Nimmerwiedersehen‹ nennen.«

»Ja, oder ›Goodbye‹.«

Seitdem haben wir einen Kater mit Namen Goodbye.

Goodbye saß also vor mir und schien zu sagen: »Komm ja nicht auf die Idee, *dir* etwas zu essen zu holen, ohne *mir* etwas zu geben!« Deshalb ging ich in die Küche, nahm *zwei* Teller aus dem Schrank und schnitt für Goodbye und mich jeweils ein extragroßes Stück aus der Schwarzwälder Kirschtorte.

»Hier.« Ich stellte seinen Teller neben meine Sitzburg auf das Parkett. »Sollst ja nicht leben wie ein Hund.«

Mama wäre ausgerastet, wenn sie das gesehen hätte. Den Teller im Schoß, sah ich mir den Film noch mal von vorne an. Jetzt, wo Tante Katharina nicht mehr da war, schmeckte die Torte richtig gut. Wenn sie eins kann, dann Kuchen backen. Muss man ihr lassen. Aber nicht einmal die Torte konnte darüber hinwegtäuschen, dass heute mein vierzehnter Geburtstag war und ich nichts Besseres zu tun hatte, als alleine mit einem Siamkater namens Goodbye vor dem Fernseher zu sitzen.

Es war Viertel vor zehn, als Mama zum dritten Mal anrief. Ich drückte die Pausentaste. James Bond und Vespa saßen sich gerade im Zug gegenüber. Das war die Szene, die ich mir vorhin schon dreimal angesehen hatte. Ich erwischte Vespa exakt in dem Moment, in dem sie sich in Bond verliebt, nämlich als er ihr sagt, dass sie ein Heimkind ist. Vespa versucht noch, die Fassade zu wahren, und lächelt überlegen, aber eigentlich ist sie schon verloren. Sie reden die ganze

Zeit übers Pokerspielen, dabei ist ihre Unterhaltung auch nichts anderes: Der eine versucht, den anderen auszuspielen. Und gleich, wenn Mama und ich fertig telefoniert hätten, würde Vespa Bond auf den Kopf zu sagen, dass auch er eine Waise war.

»Hallo Mama«, sagte ich.

»Frieda, mein Schatz, wie geht's dir?«

Sie klang so, wie sie klingt, wenn sie einen echten Horrortag hinter sich hat. Und der war noch lange nicht vorbei. Meiner übrigens auch nicht, aber das wusste ich da noch nicht.

»Gut«, versuchte ich zu lügen, aber sie merkte sofort, dass ich in Wirklichkeit traurig war.

»Ach Frieda, es tut mir soooo leid«, sagte sie. »Ich verspreche dir hoch und heilig: Das nächste Mal krieg ich es irgendwie hin.«

Das nächste Mal wird es nicht mehr dasselbe sein, dachte ich. Irgendwie ist nie was wie beim letzten Mal. Vespa sah immer noch James Bond in die Augen – vielleicht der glücklichste Moment ihres Lebens. Wenn ich die Pause gedrückt ließ, würde sie bis in alle Ewigkeit den schönsten Moment ihres Lebens erleben, schöner als in jedem Märchen. Aber die Wirklichkeit ist anders. Und am Schluss stirbt Vespa.

»Du sagst ja gar nichts«, sagte Mama.

»Mama?«

Ich bin sicher, sie wusste, was ich sie gleich fragen würde. Trotzdem tat sie ahnungslos.

»Was denn?«, fragte sie.

»Erzähl mir, wie das mit meinem Vater war.«

»Ach Frieda …« Sie seufzte. »Das hab ich dir doch schon so oft erzählt.«

»Dann erzähl es mir eben noch mal.«

Es folgte eine ziemlich lange Pause. Bestimmt überlegte sie, ob sie nicht noch irgendwie da rauskommen könnte. Aber sie wusste, dass ich mich nicht abwimmeln lassen würde. Nicht an meinem Geburtstag.

»Oh Schatz, hier ist noch soo viel zu tun …«

Ich sagte nichts.

»Also schön«, sagte sie schließlich. »Was willst du wissen?«

Ich blickte zum Fernseher und schaute Daniel Craig über die Schulter.

»Wie sah er aus?«, fragte ich.

»Oh, er sah gut aus, sehr gut. Groß …«

»Wie groß?«

»Hm, weiß nicht, also eins neunzig bestimmt. Und er hatte diese schwarzen Augen und dieses … geheimnisvolle Etwas …«

Und dann erzählte mir Mama zum x-ten Mal, wie sie und Suse, eine Kommilitonin von damals, zufällig in diesen kleinen Club geraten waren, wo gerade die *Speed Queens* aus Berlin ihre Instrumente aufbauten. Der Club war nur zu einem Drittel gefüllt, Mama und Suse standen etwas verloren in der Gegend herum. Ein schlaksiger Typ, den Suse unwiderstehlich fand, quatschte sie an und verschwand ebenso plötzlich, wie er aufgetaucht war. Kurz darauf zwinkerte er ihnen von der Bühne aus zu und setzte sich hinter das Schlagzeug. Carlos, der in dieser Nacht mein künftiger Vater werden sollte, war der Gitarrist.

Mama war von der ersten Sekunde an hypnotisiert und starrte Carlos das ganze Konzert über an, als könne er mit seiner Gitarre Wasser in Wein verwandeln. Von der Musik bekam sie kaum etwas mit. Nach dem Konzert, Suse und sie wollten gerade aufbrechen, kam der Schlagzeuger und lud sie in den Bandraum ein. Und als Mama reinkam, saß Carlos da (wahrscheinlich saßen da auch noch andere, aber Mama sah nur Carlos), in einem speckigen Ledersessel mit aufgeplatzten Armlehnen, die Gitarre auf den Knien, und lächelte sie an. Hätte er sie an diesem Abend gefragt, ob sie mit ihm kommen und den Rest ihrers Lebens in der Sahara zubringen wollte, hätte sie ohne Zögern mit Ja geantwortet. Glücklicherweise fragte er sie nur, ob sie mit ins Hotel kommen wolle.

Mama schlich sich aus dem Hotel, bevor es hell wurde. Carlos schlief noch. Es war ihr wahnsinnig peinlich, dass sie ihm wie ein Groupie ins Hotel gefolgt war, und sie wollte auf keinen Fall im Frühstücksraum sitzen und von den übrigen Bandmitgliedern beschmunzelt werden.

»Und danach hast du nie wieder etwas von ihm gehört«, brachte ich die Geschichte zu Ende.

»Und er nicht von mir«, antwortete Mama. »Ich glaube, er hieß Simon mit Nachnamen. Als ich mal in Berlin war, habe ich ihn im Telefonbuch gesucht, aber nichts gefunden.«

»Das war alles – du hast im Telefonbuch geschaut? Keine Nachforschungen, keine Anfragen, kein Privatdetektiv?«

»Ehrlich gesagt: Ich war ganz froh, dass kein Carlos Simon drinstand. Ich glaube nicht, dass ich den Mut gehabt hätte, ihn anzurufen. Und auf diese Weise habe ich ihn eben einfach nie gefunden.«

»Aber *wolltest* du ihn denn nicht finden?«, fragte ich. »Ich meine: Hast du nie gedacht, dass ihr ... keine Ahnung, dass ihr füreinander bestimmt seid oder so? Oder dass deine Tochter ihren Vater brauchen könnte?«

»Bis du ungefähr drei warst, da hab ich manchmal solche Gedanken gehabt«, gab Mama zu, »aber danach eigentlich nicht mehr.« Sie machte eine Pause und ich konnte das hektische Treiben im Hintergrund hören, das immer herrscht, wenn eine große Show ansteht. »Sieh es doch mal so: Wenn uns das Schicksal einander zugedacht hätte, dann wären wir auch zusammengekommen. Und da das nicht passiert ist, hat mir das Schicksal offenbar zugedacht, dich alleine großzuziehen.«

Wir sprachen noch kurz miteinander, dann legten wir auf. Ich war verärgert. Sonst war Mama nie so –

schicksalsergeben. Ich fand das doof. Wenn man nicht versuchte, sein Schicksal selbst zu bestimmen, konnte man auch nicht erwarten, dass es machte, was man von ihm wollte. Ich blickte zum Fernseher. Da waren sie immer noch: zwei Waisenkinder, die ihre Seelenverwandtschaft erkennen. Und Vespa war noch immer gefangen im schönsten Moment ihres Lebens, so romantisch, dass es kaum auszuhalten war. Ich drückte die Play-Taste. Vespa sagte zu Bond: »... und da Ihre Einschätzung meiner Person auf Heimkind hinauslief, vermute ich, Sie sind selbst eins.« Und Bond wusste, dass sein Bluff aufgeflogen war.

Ich griff nach der Fernbedienung und schaltete den Fernseher aus. Goodbye hatte sich auf einem Kissen zusammengerollt und schlief. Sein Teller sah aus, als käme er frisch aus der Spülmaschine. Ich bin keine Waise, dachte ich, nicht mal eine Halbwaise, auch wenn in meiner Geburtsurkunde steht ›Vater unbekannt‹. Ich wusste nur einfach nicht, wer mein Vater war, und er wusste nicht, wer ich war. Woher auch? Schließlich hatte er nie erfahren, dass es mich überhaupt gab.

Als Nächstes stand ich auf und machte drei Dinge:

1. Ich nahm meine neue Tasche, ging nach oben, öffnete meinen Kleiderschrank und stopfte wahllos ein paar Anziehsachen hinein.

2. Ich nahm meine letzten 20 Euro, die 50, die ich von Katharina bekommen hatte, und die 200, die Ma-

ma für den Notfall dagelassen hatte, und steckte alles in mein Portemonnaie.

3. Ich stellte Katharinas Torte, vielmehr das, was davon übrig war, auf den Boden, füllte Goodbyes Wasserschale auf und schüttete einen halben Sack Katzenstreu in sein Klo. Das würde notfalls für eine ganze Woche reichen. Außerdem war in drei Tagen Montag, dann kam Frau Schenk und machte die Wohnung sauber. Bis dahin konnte Goodbye ein ungezügeltes Junggesellenleben führen.

»Good bye, Goodbye«, sagte ich und strich ihm über den Rücken.

Sein Nackenfell zuckte kurz, aber seine Augen blieben geschlossen. Ich nahm mein Handy und den Schlüssel, schaltete das Licht aus und ging. Denn wenn man nicht versuchte, sein Schicksal selbst zu bestimmen, dachte ich, konnte man auch nicht erwarten, dass es einem entgegenkam.

3

Die beleuchtete Uhr über dem Haupteingang zeigte 22 Uhr 39, als ich den Bahnhof betrat. Die meisten Shops waren geschlossen. Im milchigen Licht sahen die Züge aus wie schlafende Dinosaurier. Eine überdimensionierte Leuchtreklame verlieh allem einen bläulichen Schimmer. Hinter einem Pfeiler kam plötzlich ein Mann hervor und redete auf mich ein, aber bevor ich überhaupt verstanden hatte, was er von mir wollte, lief ich schnell weiter, eilte vorbei an herabgelassenen Rollgittern und wagte nicht, mich noch einmal umzudrehen.

Als ich vor dem Fahrkartenautomaten stand, patroullierten zwei Polizisten mit Schäferhund vorbei. Sie blieben stehen und ich merkte, dass sie mich beobachteten. Schließlich gingen sie weiter. Zum ersten Mal tauchten Zweifel auf – hier einer, da einer, wie kleine Kobolde mit verwachsenen Gesichtern. Was ich hier machte, war eine ziemliche Kamikazeaktion. Ich sollte nach Hause gehen, in Ruhe packen, in Ruhe überlegen, in Ruhe schlafen und morgen früh einen Zug nehmen, der in der Hälfte der Zeit in Berlin wäre. Aber genau da lag das Problem: Wenn ich erst in Ruhe überlegt und ausgeschlafen hätte, würde ich den Zug morgen früh nicht mehr nehmen.

Bis ich »Berlin« eingetippt und mich zu der Maske durchgeklickt hatte, die mich aufforderte, 52,50 Euro zu entrichten, wäre ich am liebsten sofort wieder nach Hause gelaufen. Doch dann schob ich 60 Euro in den Automaten und hielt einen Augenblick später das Ticket in der Hand. Damit gab es kein Zurück mehr.

Der Zug wartete bereits. Abfahrt 23:02 Uhr, Gleis 7. Auf dem Weg zum Bahnsteig hörte ich Schritte hinter mir. Der Typ von der Säule, dachte ich und ging schneller. Doch die Schritte blieben direkt an mir dran. Ich nahm all meinen Mut zusammen und drehte mich um. Aber da war niemand. Nur ein Zigarettenstummel und ein leerer Kaffeebecher lagen auf dem Boden, als hätte dort eben noch jemand gestanden. Schließlich bestieg ich den schlafenden Dinosaurier.

Der Zug war fast leer. Ich betrat ein Großraumabteil und entschied mich für einen Platz in der Nähe einer älteren Dame, die offenbar alleine reiste und mich freundlich anlächelte, als ich an ihr vorbeiging. Außerdem saß am anderen Ende des Abteils eine Gruppe von Soldaten, die im Umkreis von zehn Metern alles in Alkoholdunst tauchte. Von denen wollte ich möglichst weit weg sein. So saß ich am Fenster, starrte in die Bahnhofshalle und wartete darauf, dass sich der Zug in Bewegung setzte.

Letzten Sommer hatten Mama und ich einen Kurzurlaub gemacht. Tommy, ein Freund von ihr, hatte uns in sein Haus nach Südfrankreich eingeladen. Wer jetzt glaubt, da ist doch zwischen Mama und diesem Typen garantiert was gelaufen, dem sei gesagt, dass Tommy Designer und außerdem schwul ist und Stress mit seinem Freund hatte. Jedenfalls: Einmal sind wir an einen See gefahren, der eigentlich mal eine Schlucht war, die dann aufgestaut wurde. An den Rändern ragten überall schroffe Felsen aus dem Wasser, die an manchen Stellen als Sprungfelsen benutzt wurden. Ich wollte da unbedingt hin, weil sich die ganzen coolen Jungs natürlich da rumtrieben. Na ja, und dann saßen wir auf unseren Handtüchern neben so einem Sprungfelsen und ich beobachtete sehnsüchtig die Jungs, wie sie Kopfsprünge und Saltos machten.

Irgendwann meinte Tommy: »Also mich würden da keine zehn Pferde raufkriegen, geschweige denn runter.«

Ich konnte mir nicht verkneifen zu sagen: »Mich schon.«

Mama, die jedes Mal die Luft anhielt, wenn einer sprang, sagte: »Du meine Güte, Frieda, das sind doch mindestens acht Meter! Damit wartest du mal schön, bis du erwachsen bist und ohne deine Mutter Urlaub machst.«

Ich dachte, die spinnt doch wohl, wenn sie glaubt, dass ich warte, bis ich erwachsen bin, bevor ich ohne sie Urlaub mache. Also stand ich auf und kletterte den Felsen hoch.

»Frieda«, rief sie mir nach, sodass alle es hörten, »bist du verrückt?«

Und da war klar, dass ich unmöglich nicht springen konnte.

Ich bin dann tatsächlich gesprungen. Als plötzlich aller Halt weg war und ich hilflos und mit rudernden Armen dem Wasser entgegenraste, fing ich unwillkürlich an zu schreien. Im nächsten Moment spülte mir das durch die Nase schießende Wasser das Gehirn aus den Ohren. Aber: Ich bin gesprungen.

War das, was ich jetzt machte, auch so eine Aktion? Wollte ich Mama und mir nur wieder etwas beweisen? Vierzehn Jahre war ich ohne meinen Vater ausgekommen und jetzt glaubte ich plötzlich, ich müsste nur mal eben nach Berlin fahren und da würde er dann am Bahngleis auf mich warten? Natürlich hatte ich früher schon versucht, etwas über ihn herauszufinden, hatte seinen Namen gegoogelt und so. Aber etwas Brauchbares war dabei nie herausgekommen. Trotzdem war ich überzeugt davon, dass ich ihn finden würde. So als müsste ich nur fest genug daran glauben – als könnte ich es erzwingen. Dabei hat das mit dem »fest dran glauben« schon früher nicht funktioniert. Jedenfalls nicht bei mir. So wie bei den Wespen.

Ich habe totale Angst vor Wespen und Spinnen und so Zeug. Lara sagt, wenn man sich ganz doll konzen-

33

triert, kann man machen, dass eine Wespe aus dem Fenster fliegt. Ich habe ihr gesagt, dass sie spinnt, aber auf der Klassenfahrt hat sie es mir vorgemacht, zweimal. Einmal hatten wir eine Wespe im Zimmer, das andere Mal sogar eine Hornisse. Lara setzte sich auf die Bettkante, starrte die Wespe an und eine Minute später war sie aus dem Fenster. Dasselbe bei der Hornisse. Ich habe es heimlich zu Hause probiert, aber bei mir ist natürlich nichts passiert. Und dann sollte es bei meinem Vater plötzlich klappen?

Ich wusste so gut wie nichts über ihn. Außer dass er Carlos Simon hieß, wahrscheinlich, in Berlin lebte und in einer Band Gitarre spielte, die *Speed Queens* hieß. Und das alles vor vierzehn Jahren. Inzwischen konnte er Versicherungsangestellter in Bottrop sein oder eine Surfschule in Venezuela betreiben. Mama hatte schon vor Jahren im Telefonbuch nach ihm gesucht und nichts gefunden. Jedenfalls behauptete sie das. Aber wenn man sein Schicksal nicht selbst in die Hand nahm …

So weit war ich mit dem Ordnen meiner Gedanken gekommen, als sich der Zug auf dem Nachbargleis in Bewegung setzte, das heißt – nein! –, es war meiner! Die Pfeiler schoben sich am Fenster vorbei, ich sah eine Anzeigetafel, auf der »Berlin« stand, vereinzelte Menschen, ein winkendes Pärchen. Dann fuhr der Zug in die Nacht hinaus und ich bekam ein Gefühl wie vor einer Lateinarbeit.

Ich hatte gerade festgestellt, dass ich weder ein Buch noch eine Zeitschrift noch meinen iPod eingepackt hatte, als eine Frau, die ich durch die gläserne Schiebetür hatte telefonieren sehen, ins Abteil kam. Sie war vielleicht dreißig oder so, schien genauso durcheinander zu sein wie ihre Frisur und trug ein Kostüm aus Mamas aktueller Kollektion. Zuerst dachte ich, sie hätte sich nach irgendeiner albernen Mode geschminkt, bis mir klar wurde, dass ihr Mascara verlaufen war und sie sich Tränen von der Wange wischte.

»Ist hier noch frei?«, fragte sie und deutete auf die Sitzreihe mir gegenüber.

Was für eine Frage – das ganze Abteil war frei. »Bitte«, sagte ich.

Kaum hatte sie sich und ihre Taschen verstaut, fing sie an, auf mich einzureden. Offenbar hatte sie sich gerade von ihrem Freund getrennt oder er sich von ihr. So genau verstand ich es nicht. Der Typ schien sie die ganze Zeit betrogen zu haben, ein echter Hochstapler. »Pass bloß auf, mit wem du dich einlässt«, ermahnte sie mich. Dann klingelte das Telefon und sie sagte: »Bienchen, hallo – du, i sitz schon im Zug – ja, morgen früh bin i da. – So ein blöder Stelzbock, i sog's dir. – I komm um – entschuldige«, sie wandte sich an mich, »wann kommen wir in Berlin an?«

»Weiß nicht«, sagte ich.

»Die weiß es auch nicht«, redete sie weiter in ihr

35

Handy und dann fing sie wieder an zu weinen und erzählte ihrer Freundin oder wem auch immer eine halbe Stunde lang, was für einem Ungeheuer von Mann sie entronnen war und dass sie einfach nicht mehr weiterwisse und wie froh sie war, dass Bienchen ihr gesagt hatte, sie solle sie doch einfach besuchen kommen. Nachdem sie aufgelegt hatte, schnäuzte sie sich mit 90 Dezibel die Nase, sah mich an, sagte »Oh Mann, i sog's dir« und dann klingelte gleich wieder ihr Handy. Sie sah auf das Display, stöhnte und drückte sich das Handy ans Ohr. »Loss mi!«, rief sie. »I konn jetzt net mit dir redn, hörst! I konn einfach net. Loss mi in Rua. Bitte!« Dann drückte sie das Gespräch weg und lächelte mich schmerzverzerrt durch ihren Tränenschleier an: »Was für eine Sauerei!«

So ging das bis Nürnberg. Und ich hatte meinen iPod vergessen.

»Weshalb fährst *du* eigentlich nach Berlin?«, fragte sie mich ohne jede Vorwarnung.

»Meinen Vater besuchen«, sagte ich und hoffte, dass sie nicht nachfragen würde, aber sie war in Gedanken sofort wieder bei ihrem Typen.

»So eine KACKWURST«, murmelte sie und sah mich an: »Hat mir jeden Tag Lügenmärchen aufgetischt – ein Vierteljahr lang!«

Es kam mir nicht so vor, als hätte ich auch nur eine Sekunde geschlafen, aber plötzlich waren wir in Leipzig. Es dämmerte bereits. Die ältere Dame hatte sich

36

eine Gelbrille und einen Kopfhörer aufgesetzt und schnarchte leise. Und dann war es heller Tag und wir fuhren im Berliner Hauptbahnhof ein. Die Frau in Mamas Kostüm stand hinter der Glastür und hatte ihr Handy am Ohr. Sie sah noch zerzauster aus als in München. Ich nahm den anderen Ausgang.

Es gibt doch diese magischen Würfel, mit den vielen kleinen Quadraten in unterschiedlichen Farben, und wenn man Einsteins Enkel oder so ist, dann kann man sie so hindrehen, dass jede Seite eine einheitliche Farbe hat. So fühlt man sich im Berliner Hauptbahnhof – wie im Inneren eines magischen Würfels. Sobald ich mich in eine Richtung drehte, kam es mir vor, als würde ich hinter mir alles durcheinanderbringen.

Es war 7 Uhr 32. Durch das Glasdach, das den Bahnhof überspannte, sah ich den blauen Himmel. In der Ferne stieg die Sonne über einem großen, alten Gebäude auf und dann erkannte ich, dass es der Reichstag war, den ich von den Fotos in meinem Geschichtsbuch kannte, nur dass er jetzt eine Kuppel hatte, die wie eine gläserne Gebetsmütze aussah. In den Stockwerken unter mir wuselten Tausende von Menschen herum. Und ich hatte immer gedacht, München sei groß.

Herr Böttcher, unser Lateinlehrer, erzählt gerne Mythen. Dann hören auch ausnahmsweise mal alle zu. Wenn es Lateinunterricht ohne Latein gäbe, wäre Herr Böttcher mein Lieblingslehrer. Jedenfalls hat er

37

uns in der letzten Stunde vor den Sommerferien den Mythos von Ikaros erzählt. Der geht ungefähr so: Ikaros und sein Vater Dädalos, ein großer Erfinder und Baumeister, saßen auf der Insel Kreta fest. Um zu fliehen, baute der Vater ihnen Flügel aus Vogelfedern, die er mit Wachs verklebte. Es funktionierte. Mit den Flügeln konnten sie tatsächlich fliegen und so stiegen sie auf in die Lüfte und machten sich davon. Dädalos hatte seinem Sohn eingeschärft, dass er auf keinen Fall zu hoch fliegen durfte. Doch Ikaros wurde übermütig. Er flog höher und höher und kam der Sonne so nah, dass das Wachs schmolz und er ins Meer stürzte. Als der Vater sich nach ihm umsah, fand er nur noch die Federn, die auf dem Wasser trieben. Die Moral von der Geschichte, so wie ich sie verstanden habe, ist, dass man nicht zu hoch hinauswollen soll. Wie auch immer: Ich stand auf dem Bahnsteig und blickte zum Glasdach empor. Fliegen können, dachte ich, das wär's jetzt.

ERSTER TAG

1

Jetzt war ich also in Berlin. Ich musste an Ikaros denken, der für seinen Übermut mit dem Tode bestraft worden war. Die Sonne brannte mir in den Augen. Ich suchte nach meiner Sonnenbrille, die ich natürlich ebenfalls in München vergessen hatte. »Immerhin hast du deinen Kopf dabei«, sagt Mama gerne in solchen Situationen. Ich kniff die Augen zusammen, steuerte ein Taxi an, ließ mir die Tasche abnehmen und setzte mich auf die Rückbank.

»Wo soll's denn hingehen?«, fragte der Taxifahrer.

Ich bekam einen dicken Kloß im Hals und konnte nichts antworten. Der Taxifahrer drehte sich um und kratzte seinen Bart.

»Wat issn nu?« Dann schob er seine Brille ein Stück die Nase runter und sah mich eindringlich an. »Haste Kummer, Mädchen?«

»Entschuldigung«, sagte ich, »ich weiß noch gar nicht, wo ich hinmuss. Können Sie mir die Tasche wieder aus dem Kofferraum holen?«

»Nich zu viel inne Sonne jehn«, sagte er, als er mir die Tasche reichte. »Wird janz schön heiß heute. Hier«, er gab mir seine Visitenkarte. »Wenn de nich mehr weeßt, wo et langjeht – dit iss meene Nummer.«

Ich setzte mich auf die Stufen einer großen Freitreppe und stützte meinen Kopf auf die Hände. Vor Müdigkeit konnte ich keinen klaren Gedanken fassen. Am liebsten hätte ich Mama angerufen, aber das war die schlechteste aller Möglichkeiten. Der Taxifahrer, der mir seine Visitenkarte gegeben hatte, verstaute zwei schwarze Taschen in seinem Kofferraum. Ein junges Pärchen stieg ein. Bevor er um die Ecke verschwand, drehte er sich noch einmal nach mir um. Mich durchfuhr der Gedanke, dass *er* vielleicht mein Vater sein könnte. Vom Alter her könnte es passen. Ich zog seine Visitenkarte aus der Tasche: Heinz Mahlow. Fehlanzeige. Wäre auch zu schön gewesen. Ich zählte noch 23 weitere abfahrende Taxis, dann stand ich auf. Rumsitzen würde mich nicht weiterbringen. Organisation ist das halbe Leben, sagt Mama. Ein Plan musste her. Und der sah so aus: Ich brauchte etwas zu essen, etwas zu trinken und ein Internet-Café. Denn wenn man sein Schicksal nicht in die eigenen Hände nahm …

Über der Kreuzung vor dem Bahnhof hing ein Straßenschild, auf dem »Mitte« stand. Darunter war ein Pfeil nach rechts abgebildet. Also ging ich nach rechts. »Mitte« klang so, also würde ich dort am ehesten etwas finden. Nach ungefähr 15 Minuten stieß ich auf ein Café und frühstückte einen Orangensaft und ein belegtes Baguette. An meiner Müdigkeit änderte das nichts, aber wenigstens hatte ich keinen Hunger mehr. Ich fragte die Frau an der Kasse nach einem Internetcafé und sie sagte mir, die Straße runter gebe es so etwas.

Kurz darauf saß ich in einer kleinen, muffigen Kabine mit bekritzelten Plastikwänden, vor mir einen Bildschirm, auf dem ein Kaugummi klebte. Ich rief das Berliner Telefonverzeichnis auf, gab »Carlos Simon« ein, spürte, wie es in meinem Kopf anfing zu pochen, und klickte auf »suchen«. Keine Treffer. In ganz Berlin nicht. Viereinhalb Millionen Einwohner und kein Carlos Simon. Na schön, so weit war Mama auch gewesen. Etwas anderes hätte ich nicht wirklich erwarten dürfen. Also weiter: Als Nächstes gab ich C Simon ein. Sechs Treffer. Zweimal C. Simon, einmal C.-U. Simon, einmal C. u. O. Simon und zweimal Carl Simon, der aber beide Male als »Dipl.-Ing./C. T. U. Projektentwicklung« eingetragen war, nur dass die zweite Nummer eine Faxnummer war.

Carl Simon. Meine heißeste Spur. Da würde ich als Erstes hingehen. Zur Sicherheit gab ich noch K Simon ein. Vier Treffer: Dreimal K. Simon und einmal **K. S.** Schlüsseldienst in der **Simon**-Dach-Str. Ich druckte beide Listen aus, zahlte 3 Euro 50 bei einem Typen, der aussah wie ein abgenagter Hundeknochen, und ging zurück ins Freie. Der Taxifahrer hatte recht ge-

43

habt: Es würde heiß werden heute. Es war erst kurz nach halb zehn, doch die Luft drückte bereits schwer auf den Asphalt.

Mommsenstraße 59. Das war mein Ziel. Carl Simon. Die Abkürzung Dipl.-Ing. stand für Diplom-Ingenieur, das wusste ich, auch wenn mir nie ganz klar geworden ist, was genau das für ein Beruf ist. Und was machte ein Projektentwickler? Vermutlich Projekte entwickeln. Wie auch immer, ich würde es herausfinden. Aber zuerst musste ich wissen, wo ich war und wo die Mommsenstraße war, und dazu brauchte ich einen Stadtplan. Ich ging die Straße weiter und stieß irgendwann auf »Lehmanns medizinische Fachbuchhandlung«. Im Schaufenster hingen Skelette und Schautafeln des menschlichen Organismus. Die Verkäuferin hatte gerade erst geöffnet und war noch mit Staubsaugen beschäftigt.

»Haben Sie auch Stadtpläne?«, versuchte ich den Staubsauger zu übertönen.

Mit dem Rohr deutete sie auf einen Extratisch für Touristen, auf dem Pläne und Stadtführer ausgelegt waren. Ich griff den erstbesten und ging zur Kasse. Missmutig schaltete die Verkäuferin den Staubsauger aus und schlurfte hinter den Ladentisch. Das Wechselgeld legte sie auf einen Abreißblock, der mit Bildern von aufgeschnittenen Organen bedruckt war. Ich sah Gehirnhälften, Nieren, Lungen und noch andere Sachen, die ich aber nicht kannte.

44

»Wissen Sie zufällig, wie man von hier zur Momm-senstraße kommt?«, fragte ich.

Die Verkäuferin sah mich an, als hätte ich sie ge-beten, mir ihre Leber zu zeigen.

»Meinst du etwa die in Charlottenburg?«, fragte sie.

»Ich weiß nicht. Gibt es denn mehrere?«

»*Ich* kenne nur die in Charlottenburg.«

»Und wissen Sie, wie man dahin kommt?«

Sie kam hinter dem Ladentisch hervor, hob das Teles-koprohr auf und verpasste ihrem Staubsauger einen Tritt, worauf der wieder zu dröhnen anfing. »Hast dir doch gerade einen Stadtplan gekauft«, rief sie gegen den Krach an.

»Vielen Dank auch«, murmelte ich im Hinausgehen und dachte, dass es bestimmt nicht gut war, wenn man den ganzen Tag nur Skelette und aufgeschnittene Ge-hirne um sich hatte.

Ich suchte im Plan, wo ich mich befand, und stellte fest, dass ich exakt an der Stelle stand, an der im Stadt-plan das »i« von »Mitte« aufgedruckt war. Mittiger ging es nicht. Ein Stück weiter war der Bahnhof »Fried-richstraße«. Ich hatte ihn schon aus der Ferne gesehen, aber nicht gewusst, dass es ein Bahnhof war – ein Glas-kasten, durch den die Straße hindurchführte und der wie ein Gewächshaus im Botanischen Garten aussah. Von da brauchte ich nur fünf Stationen mit der S-Bahn, dann wäre ich in Charlottenburg. Und die Mommsen-straße schien gleich neben der S-Bahn zu sein.

Auf dem Weg zum Bahnhof wurden mir zwei Dinge klar:

1. Die neuen Puma-Sneakers anzuziehen war keine gute Idee gewesen. Schon jetzt taten mir die Füße weh, links rieb der Schuh an der Ferse, rechts auf dem kleinen Zeh. Dabei war es erst zehn und ich hatte noch nicht einmal den ersten C. Simon getroffen.

2. Wenn ich tatsächlich meinen Vater finden würde – was käme danach? Darüber hatte ich nie nachgedacht. Ich wollte ihn immer nur finden, mein ganzes Leben lang. Aber was, wenn ich ihn erst gefunden hätte? Es war immer nur ein Wunsch gewesen, von dem ich sicher war, dass er sich sowieso nicht erfüllen würde. Jetzt aber, wo ich ihn vielleicht wirklich finden würde, hatte ich plötzlich ganz schön Angst.

Im Bahnhof war es kühl wie in einer Kirche. Ich kaufte mir ein Tagesticket, ließ mich von einer Rolltreppe in die Halle hinauftragen, die von außen wie ein Gewächshaus ausgesehen hatte, stellte fest, dass ich mich auf dem richtigen Bahnsteig befand, und stieg in die nächste S-Bahn. Ich wusste nicht, dass die S-Bahn in Berlin eine Hochbahn ist, deshalb hab ich mich ziemlich erschreckt, als der Zug den Bahnhof verließ und ich plötzlich in fünf Metern Höhe durch Häuserschluchten wackelte und bei fremden Menschen in die Wohnzimmer blickte. Wieder hielt der Zug im Hauptbahnhof, wo ich vor ein paar Stunden ausgestiegen war, anschließend durchquerte er den

Tiergarten, der ein richtiger Wald ist, mitten in Berlin, nur dass ab und zu ein Hochhaus herausragt. Dann tauchten wir wieder in die Stadt ein, fuhren zwischen Häusern hindurch, die ich bei offenem Fenster mit den Händen hätte greifen können, und mein Blick verlor sich zwischen Mauern, die ins Nichts führten.

Was, wenn mein Vater inzwischen eine eigene Familie hatte, eine Frau, drei Kinder? Was sollte er da noch mit mir? Vielleicht war er ja auch ein einflussreicher Manager oder so und es wäre ein Skandal, wenn herauskäme, dass er eine uneheliche Tochter hatte. Als ich noch klein war, habe ich mir meinen Vater immer als Schlagzeuger vorgestellt. Mama hatte mir zwar gesagt, dass er Gitarrist war, für mich aber war er Schlagzeuger – ich wusste es eben besser. Wann immer im Fernsehen eine Band zu sehen war, schaute ich heimlich, ob der Schlagzeuger etwas hatte, das ich an ihm wiedererkannte. Aber das geschah nie. Gezeigt wurden immer nur die Sänger und Gitarristen, und wenn tatsächlich mal ein Schlagzeuger in Großaufnahme zu sehen war, dann war er es entweder nicht oder die Kamera schwenkte sofort wieder auf den Sänger.

Inzwischen konnte er ein drogenabhängiger Obdachloser sein, der unter einer Brücke im Müll lebte. Was würde ich dann machen? Zu ihm hingehen und sagen: »Hallo Papa, ich bin's, deine Tochter. Willste 'n Keks?« Ich bekam ein Gefühl, als würden das Ba-

47

guette und der Orangensaft in meinem Bauch Samba tanzen oder so. Und dann sah ich ein Schild mit der Aufschrift »Savignyplatz«, schnappte meine Tasche und stürmte aus der Tür.

Die Gegend war ziemlich schick. Es gab komische Geschäfte. Ich kam an einem altmodischen »Herrenausstatter« vorbei, der kleinkarierte Jacketts mit aufgenähten Ellenbogenschonern im Schaufenster präsentierte, direkt daneben war ein Laden für handgeschmiedeten Intimschmuck. In der Auslage waren Liebeskugeln aus massiv Silber in allen denkbaren Größen ausgestellt, außerdem lauter Sachen, von denen ich lieber gar nicht wissen wollte, wofür man sie benutzte. Und dann stand ich vor Hausnummer 59.

Neben dem Eingang war ein Schild:

C. T. U.
Projektentwicklung
I. Stock

Mein Herz schlug so laut wie die Kesselpauke in unserem Musikraum. Das Haus wirkte wie eine Festung. Die dreigeteilte Eingangstür war von dickem Stuck umrahmt, oben in der Mitte ragte ein Frauenkopf aus dem Mauerwerk, der streng auf mich herabblickte. Die Tür gab nach, als ich mich dagegenlehnte.

So hell es draußen war, so dunkel war es drinnen. In einer Nische stand eine Vase mit Trockenblumen, irgendwo summte leise ein Generator. Langsam stieg ich die Stufen empor, von denen jede ein bisschen anders knarzte als die vorherige. Dann stand ich auf dem Treppenabsatz. Neben der Tür hing ein Messingschild. Auf dem Knauf hockte eine große schwarze Fliege. Nervös trat ich von einem Bein auf das andere. Ich wollte gerade die Klingel drücken, als die Tür plötzlich aufgerissen wurde und ein Mann in einem silbergrauen Anzug vor mir stand. Er klappte gerade sein Handy zusammen und ließ es in die Jacketttasche gleiten, in der anderen Hand hielt er einen schwarzen Aktenkoffer.

»Hoppla«, sagte er, als er mich im Halbdunkel stehen sah. »Kann ich Ihnen helfen?«

»Ich möchte zu Carl Simon«, sagte ich. »Ist er da?«

Jetzt merkte er, dass ich zwar groß, aber noch zu jung war, um schon gesiezt zu werden.

»Ist er«, sagte er, »das heißt: er war. Ich bin nämlich gerade im Begriff zu gehen – darf ich mal …« Ich trat zur Seite. Er kam heraus und zog die Tür hinter sich zu. »Hab in einer Viertelstunde einen wichtigen Termin«, erklärte er, während er drei verschiedene Schlösser verriegelte. »Ich … Weshalb willst du denn überhaupt zu mir?«

»*Sie* sind Carl Simon?«, fragte ich verdattert. Er war nur wenig größer als ich.

»Winkler«, antwortete er.

Ich musste aussehen, als hätte gerade jemand mein Gehirn in Scheiben geschnitten.

»Carl-Simon Winkler«, sagte er. »Carl-Simon mit Vornamen, Winkler mit Nachnamen. Wie es auf dem Schild steht.« Er deutete auf das Klingelschild. »Und ich habe, wie bereits erwähnt, in exakt« – er sah auf seine Armbanduhr – »dreizehn Minuten einen äußerst wichtigen Termin. Schönen Tag.« Mit diesen Worten fiel er in einen lockeren Trab und hoppelte die Stufen hinunter.

»Warten Sie!«, rief ich und lief hinterher. »Ich suche meinen Vater.«

Er blieb abrupt stehen. Dann drehte er sich auf dem Absatz um. »Und was bitte hat das mit mir zu tun?«, fragte er.

»Mein Vater heißt genauso wie Sie«, sagte ich, »oder, na ja, fast so. Carlos Simon, wahrscheinlich jedenfalls. Und er spielt Gitarre in einer Band, oder hat mal …« Ich wurde immer kleiner.

»Verstehe ich das richtig? Du bist auf der Suche nach einem Carlos Simon, weil dein Vater so heißt – vielleicht, eventuell, wahrscheinlich?«

Ich wollte gerne alles erklären, aber heraus kam nur ein »Ja«.

»Tut mir leid«, er wechselte seinen Aktenkoffer von der rechten in die linke Hand, »aber wenn *ich* eine Tochter hätte, dann wüsste ich das.«

Er wollte sich wieder abwenden, da sagte ich: »Aber mein Vater weiß gar nichts von mir, verstehen Sie? Also, wenn Sie jetzt mein Vater wären, dann wüssten

Sie gar nicht, dass es mich gibt – also jetzt natürlich schon, aber eben noch nicht.«

»Aber ich heiße nicht Car*los* Simon, sondern Carl-Simon Winkler.« Er sprach seinen Namen aus, als sei ich schwerhörig. »Und in« – wieder sah er auf seine Uhr – »neun Minuten habe ich einen *sehr* wichtigen Termin.« Er machte kehrt und rannte die letzten Stufen hinunter.

Ich folgte ihm auf die Straße: »Aber«, sagte ich, »haben Sie nicht vielleicht mal in einer Band gespielt – ›Speed Queens‹ oder so?«

Neben einem schwarzen Mercedes blieb er stehen und drückte auf seinen Schlüssel. Die Blinklichter leuchteten auf und der Wagen entriegelte sich.

»Hör zu: Meine Frau hat sich letztes Jahr von mir scheiden lassen und ist nach Passau gezogen. Unseren Sohn hat sie bei der Gelegenheit gleich mitgenommen – wie so einiges andere. Seitdem habe ich meinen Sohn genau *ein* Mal gesehen. Keine schöne Situation, weder für ihn noch für mich. Wenn auch nur die geringste Wahrscheinlichkeit bestünde, dass du meine Tochter sein könntest …« – er musterte mich von oben bis unten – »glaub mir, ich würde dich sofort nehmen, mit Kusshand. Aber so, wie die Dinge liegen …« Er öffnete die Tür und stieg ein. »Tut mir leid, Kindchen, aber ich bin's nicht.« Der Wagen brauste davon und ich stand da und sah ihm nach, bis jemand hupte und ich merkte, dass ich den freien Parkplatz blockierte.

51

Unfähig, einen klaren Gedanken zu fassen, ging ich in irgendeine Richtung, bis ich auf einen kleinen Platz mit vier Cafés und einem Kinderspielplatz stieß. Ich setzte mich unter eine grüne Markise und bestellte eine große Apfelsaftschorle. Meine Augen brannten vor Müdigkeit, vom Taschetragen tat mir die Schulter weh und der kleine Zeh, der an meinem Schuh rieb, jaulte bei jedem Schritt. Ich überlegte, ob ich eine der vier As anrufen sollte, aber was hätte das gebracht? Bei aller Freundschaft hätten sie mich wahrscheinlich für total übergeschappt erklärt. Außerdem waren sie alle im Urlaub und wahrscheinlich sowieso nicht zu erreichen.

Auf dem Vorplatz hatte jemand einen Schäferhund an einer Bank festgebunden. Er bellte jeden an, der in seine Nähe kam, schien niemandem zu gehören und lief immer nur im Kreis herum. Ich streifte meine Schuhe ab. Über dem kleinen Zeh war ein Blutfleck in der Socke. Dabei hatte ich gerade mal *einen* C Simon überprüft. Bei sechs C Simons und vier K Simons machte das am Ende zehn blutige Zehen. Ich nahm die Namensliste und strich die beiden Carl Simons durch. Jetzt sah ich auch, dass da tatsächlich »Winkler, Dipl.-Ing., Carl-Simon« stand. Den »Winkler« hatte ich völlig übersehen.

Der Mensch sieht immer nur, was er zu sehen glaubt. Das hat Frau Trenner, unsere Biolehrerin, erklärt. Streng genommen trickst unser Gehirn uns die ganze

Zeit aus. Zum Beweis hat sie uns ein Bild gezeigt, auf dem zwei Kreise zu sehen sind, die sich aus kleinen Vierecken zusammensetzen. In der Mitte ist ein schwarzer Punkt. Wenn man den Punkt fixiert, während man näher an das Bild herangeht, kommt es einem so vor, als würden sich die Kreise gegeneinander bewegen. Machen sie aber nicht. Man sollte sich also nie zu sicher sein, dass das, was man sieht, auch wirklich das *ist*, was man sieht.

Inzwischen war es 11 Uhr 20 und eigentlich hätte ich mir gleich den nächsten C Simon vornehmen müssen – in der Landhausstraße –, aber ich saß auf meinem Stuhl wie festgeklebt. Selbst nachdem die Apfelschorle längst leer war, betrachtete ich noch lange die Spatzen, die unter dem Tisch herumhüpften. Erst als endlich jemand kam und den Schäferhund mitnahm, zog auch ich mir die Schuhe an und machte mich auf den Weg.

2

Die Landhausstraße lag irgendwo zwischen den Stadt-
teilen Wilmersdorf und Schöneberg. Auf dem Stadtplan sah es ganz einfach aus. Ich musste nur zu Fuß
zur Wilmersdorfer Straße, in die U7 Richtung Rudow,
an der Berliner Straße umsteigen und noch eine Sta-
tion mit der U9 bis zur Güntzelstraße. Es hätte auch
alles ganz einfach sein können, wenn meine Füße
nicht gewesen wären. Schon nach den ersten Metern
brannte mein kleiner Zeh und der Druck auf meiner
Ferse wurde mit jedem Schritt größer. Ich humpelte
also erst einmal zur nächsten Apotheke und kaufte
ein spezielles Blasenpflaster. Damit kam ich einigermaßen unbeschadet zur U-Bahn.

Unter der Erde war es angenehm. Am liebsten hätte
ich die Schuhe ausgezogen und meine Füße auf dem
Steinboden gekühlt. Als der Zug einfuhr und ich sah,
wie sich die Menschen hinter den Scheiben drängten,
blieb ich einfach auf meiner Bank sitzen und wartete
auf den nächsten. Eine halbe Stunde später stieg ich an
der Güntzelstraße wieder die Stufen zur Oberwelt hinauf. Die Hitze schlug mir ins Gesicht wie aus einem
Backofen und meine Tasche wurde fünf Kilo schwerer.

Nummer 34 war ein Eckhaus – ein formloser Betonklotz, der in einem fauligen Grün gestrichen war. Auf der zur Straße gewandten Seite reihten sich die Balkone aneinander wie bei einem Touristenbunker auf Mallorca. Es gab mindestens 50 Klingeln. Die mit der Aufschrift SIMON war ganz rechts unten. Ich drückte und wartete. Irgendwann kam eine knarzige Stimme aus der Gegensprechanlage:

»Ja?«

»Guten Tag«, sagte ich, »sind Sie Herr Simon?«

Es dauerte eine Weile, bevor die Stimme antwortete: »Wer will'n das wissen?«

»Entschuldigung«, sagte ich. »Ich heiße Frieda, Frieda Kobler. Ich bin aus München und ich suche jemanden, der Carlos Simon heißt.«

Wieder wartete ich auf eine Antwort. Als müsste das, was ich gesagt hatte, erst auf der anderen Seite ankommen. Lange Leitung, dachte ich.

»Momentchen mal«, sagte die Stimme schließlich.

Ich wurde nervös. Gehörte die knarzige Stimme etwa meinem Vater? Ich dachte, er würde den Summer drücken und mich ins Haus lassen, stattdessen wurde neben mir eine Tür geöffnet und ein Mann in Shorts und Unterhemd trat auf den Balkon. Er hatte gelbe Fingerkuppen und der Bart über seiner Oberlippe war ebenfalls gelb verfärbt. Sein Bauch drückte sich gegen das Geländer, als er sich aufstützte. Er war zu alt, um mein Vater zu sein – bestimmt schon sechzig –, aber er war groß.

»Jetzt noch mal in Zeitlupe«, sagte er. »Wen suchste?«

»Ich suche nach einem Mann, der Carlos Simon heißt.«

Er verlagerte sein Gewicht von einem Bein auf das andere, wobei seine Sandalen quietschten.

»Kenn ich nicht«, sagte er.

»Wie heißen *Sie* denn?«

»Icke? – Carsten.«

»Und Sie haben nicht vielleicht einen Sohn oder so, der Carlos heißt?«

»Seh ick so aus, als hätte ich Kinder?«

Ich überlegte, ob ich die restlichen Simons nicht einfach abtelefonieren sollte, doch erstens hätte ich das nun wirklich genauso gut von München aus machen können und zweitens hätte mir mein »Erzeuger« am Telefon das Blaue vom Himmel runterlügen können. Wenn ich ihm aber erst gegenüberstand, so dachte ich jedenfalls, dann wäre jeder Leugnungsversuch zwecklos.

So wie mit Carl und Carsten ging es weiter. Der nächste C. Simon war eine Frau – Cordula. Sie wohnte in der Kreuzbergstraße über einer Kneipe und öffnete mir die Wohnungstür mit einem schreienden Baby auf dem Arm. Die Haare hingen ihr ins

56

Gesicht. Sie sah genauso müde aus, wie ich mich fühlte.

»Mittelohrentzündung«, sagte sie und deutete mit dem Kinn Richtung Baby.

Auf die Frage, ob sie vielleicht einen Mann oder einen Bruder habe, der Carlos Simon oder so ähnlich heiße, blickte sie nur ihr Baby an und sagte: »Schön wär's.«

Und damit war der vierte Simon von der Liste.

Vor Hunger krampfte sich mein Magen zusammen. Außer dem Baguette am Morgen hatte ich seit gestern Abend nichts gegessen. Gestern Abend – wie lange das jetzt her war. Goodbye hatte inzwischen sicher die Hälfte der Torte verputzt, lag auf dem Sofa und wartete auf den Notarzt. Wenn Tante Katharina vorbeikam und ihn so sah, dann … Verfluchter Mist! Die hatte ich ja total vergessen! Sofort kramte ich mein Handy aus der Tasche, blätterte vor bis zu »Tante Katastrophe«, darunter steht sie nämlich in meinem Verzeichnis, und rief an.

»Frieda, ist alles in Ordnung?«, fragte sie und übersprang eine Begrüßung.

Mist, dachte ich, war sie etwa schon in der Wohnung gewesen und hatte das Chaos gesehen? »Ja«, sagte ich vorsichtig, »wieso?«

»Du rufst mich doch nicht einfach so an.«

Damit hatte sie natürlich recht. Ich versuchte, so arglos wie möglich zu klingen: »Es ist nur … Ich

57

wollte dir nur sagen, dass du heute nicht zu kommen brauchst. Ich hab mich mit einer Freundin im Freibad getroffen. Nachher gehen wir noch zu ihr und ich wollte dann auch da übernachten.«

»*Wo* bist du?«

»Im Freibad, wieso?«

»Na dann pass ja auf, dass du nicht vom Blitz erschlagen wirst. Seid ihr nicht vollkommen durchnässt?«

Ich schaute zum Himmel. Keine Wolke, nicht mal ein Wölkchen. Außerdem gefühlte 250 Grad im Schatten.

Ich biss mir auf die Lippen: »Keine Sorge, wir haben uns untergestellt.«

»Soll ich euch nicht lieber abholen?«

»Äh … Nein, nicht nötig. Meine Freundin wohnt gleich um die Ecke. Wir warten einfach, bis das Schlimmste vorbei ist, und laufen dann schnell rüber.«

»Hm. Also gut, soll mir recht sein. Ehrlich gesagt passt mir das ganz gut. Dann kann ich heute noch ein paar Sachen erledigen. Aber tu mir den Gefallen und sag nichts davon deiner Mutter. Ich hab ihr hoch und heilig versprochen, dass ich jeden Tag vorbeikomme und nach dem Rechten sehe.«

»Geht klar.«

»Also dann, bis morgen.«

Wenn du wüsstest, dachte ich. »Ja, bis morgen dann.«

Uffz.

Vorne an der Kreuzung drehte sich ein *Burger King*-Schild mit einem Pfeil darunter. Leider konnte ich die Entfernung unter dem Pfeil nicht entziffern. Jeder Schritt in diesen Schuhen war wie ein Schritt über glühende Kohlen. Wenn ich jetzt bis zur Kreuzung ginge und dann stünde da 1000 m oder so was unter dem Pfeil – das würde ich nie schaffen. Außerdem gab es etwas, das noch größer war als mein Hunger, und das war meine Müdigkeit.

Direkt gegenüber war ein Park. Zwischen von Bäumen gesäumten Steinen schlängelte sich ein Bach den Hügel hinunter und ergoss sich in einen Teich. Fast wie im Märchen. Statt zu *Burger King* schleppte ich also mich und meine Tasche in den Park, setzte mich auf einen Stein, zog die Schuhe aus und tauchte meine Füße ins Wasser. Im ersten Moment blieb mir die Luft weg, aber dann war es einfach nur schön. Langsam bewegte ich meine Zehen im kalten Wasser und beobachtete, wie sich die Strömung änderte, je nachdem, wie ich die Füße drehte. Nach einer Weile verfing sich ein Zettel zwischen meinen Zehen, den jemand weiter oben in den Bach geworfen haben musste. Vorsichtig löste ich ihn von der Haut. Es war einer von diesen Papierstreifen, wie man sie in Glückskeksen findet, mit einem schlauen Spruch in unterschiedlichen Sprachen. Das Papier war kurz davor, sich aufzulösen. Ich brauchte einen Moment, bis ich die Schrift entziffert hatte.

Wer kein Ziel hat,
für den ist kein Weg der richtige.
Konfuzius

Ich dachte kurz darüber nach, dann ließ ich den Schnipsel wieder ins Wasser fallen und sah ihm hinterher, bis er zwischen den Steinen verschwand. Ich brauchte ihn nicht. Schließlich hatte ich ein Ziel: meinen Vater finden.

Meine Schuhe zog ich nicht wieder an, sondern ging barfuß in den Park hinein, bis ich zu einer Liegewiese kam. Vereinzelt lagen Menschen neben ihren Fahrrädern im Gras, andere saßen in Grüppchen zusammen und tranken Bier oder redeten oder machten beides. Ungefähr zwölf Leute saßen im Kreis unter einem Baum und meditierten oder so, jedenfalls streckten sie alle ihre Hände über die Köpfe und machten komische Bewegungen.

Ich ließ erst meine Schuhe, dann meine Tasche und schließlich mich in den Schatten einer großen Kastanie fallen, legte meinen Kopf auf die Tasche und blickte in die Zweige über mir, die träge hin- und herschaukelten. Ich dachte an den Papierschnipsel, den ich wieder in den Bach zurückgeworfen hatte: *Wer kein Ziel hat, für den ist kein Weg der richtige.* Stimmte das? Und wenn ja, bedeutete das, dass *jeder* Weg der richtige war, sofern man nur ein Ziel hatte? Wenn das nämlich so war, dann musste ich mir eigentlich keine

Sorgen machen, denn dann würde ich meinen Vater auf jeden Fall finden. Ich überlegte noch, ob meine Grübeleien irgendwie Sinn machten, doch ich war zu müde, um noch zu einem Schluss zu kommen. Wie schön sich das Gras unter den Füßen anfühlt, dachte ich, und wie neu meine Tasche riecht. Dann schlief ich ein.

Ich erwachte, weil mein Kopf vibrierte. Dann merkte ich, dass es gar nicht mein Kopf war, sondern die Tasche. Und das konnte nur bedeuten, dass mein Handy klingelte. Noch im Halbschlaf hatte ich eine Eingebung: Es war mein Vater! Mein Vater rief mich an! Irgendwie hatte er mich gefunden. Ich fuhr auf und kramte hastig mein Handy aus der Tasche.

»Ja, hallo?«, rief ich.

»Aua, schrei nicht so«, antwortete eine Stimme, die mir vertraut vorkam.

Dann fiel es mir ein: »Ach, du bist es«, sagte ich.

»Wen hast du denn erwartet?«, antwortete Mama.

»Niemand Bestimmtes, schon gut.«

»Sag, wie geht's dir? Was machst du so den lieben langen Tag? Ist alles in Ordnung?«

Ich stotterte etwas zusammen, erzählte ihr von dem Gewitter, das mich im Freibad überrascht hätte, und dass Katharina vorbeigekommen sei und alles für okay befunden hätte.

»Vertragt ihr euch auch?«, fragte Mama.

»Ja, läuft super«, log ich. »Viel besser als beim letzten Mal, ehrlich. Sollten wir jetzt immer so machen.«

»Ich schlage vor, darüber reden wir, wenn ich wieder zurück bin.«

Nachdem sie aufgelegt hatte, ließ ich mein Handy ins Gras fallen und bemerkte, dass ich in der prallen Sonne lag. Der Schatten des Baumes war weitergewandert und wurde jetzt von anderen genutzt. Die Gesichtshälfte, mit der ich auf der Tasche gelegen hatte, war von einem Schweißfilm überzogen, dafür war die andere verbrannt. Die Liegewiese war inzwischen voller Menschen. Ich schaute auf mein Handy: 15 Uhr 50. Ich hatte den halben Nachmittag verschlafen und noch zwei C Simons und drei K Simons auf der Liste.

Die Zuversicht, mit der ich mich ins Gras gelegt hatte, war im Schlaf verdampft. Was, wenn sich herausstellte, dass keiner auf der Liste mein Vater war und meine Überlegungen von vorhin nur einem ultrahocherhitzten Gehirnbrei entsprungen waren? Konnte nicht auch für jemanden, der ein Ziel hatte, jeder Weg der falsche sein? Ich sah mich um. Überall saßen Grüppchen zusammen. Irgendwo spielte eine Gitarre. Nur ich lag allein.

Plötzlich hatte ich den brennenden Wunsch, zu einer dieser Gruppen zu gehören, einfach nur Teil von etwas zu sein, statt auf der Wiese zu liegen wie ein gestrandeter Fisch. Am liebsten hätte ich Mama angerufen, ihr alles gebeichtet und gesagt: »Komm mich abholen.« Aber das war hundertprozentig nicht der richtige Weg. Ich war hergekommen, um meinen Vater zu suchen. Vielleicht würde ich ihn niemals finden, vielleicht war jeder Weg für mich der falsche. Vielleicht auch nicht. Auf jeden Fall würde ich nicht nach dem dritten C Simon aufgeben.

3

Prof. C. Simon wohnte in der Cimbernstraße 13. In Geschichte hatte uns Frau Jäger mal was über die Cimbern und Teutonen erzählt, aber das hatte ich natürlich längst vergessen. Dafür habe ich mir etwas anderes gemerkt, nämlich was Halbwertszeit bedeutet. Das hatten wir in Bio. Halbwertszeit ist die Zeit, in der etwas zerfällt beziehungsweise sich abbaut oder so. Vitamin C zum Beispiel hat eine Halbwertszeit von einer halben Stunde. Das heißt, wenn ich eine Orange auspresse und der Saft enthält 200 Milligramm Vitamin C, dann sind nach einer halben Stunde nur noch 100 Milligramm drin. Ich schreibe das, weil Geschichte bei mir dieselbe Halbwertszeit hat wie Vitamin C. 30 Minuten nach der Stunde ist die Hälfte weg und am nächsten Tag sind nur noch mikroskopische Spuren vorhanden. Ich habe versucht, dagegen anzukämpfen, aber man kann Halbwertszeiten nicht künstlich verlängern. Vitamin C bleibt Vitamin C und Geschichte bleibt Geschichte.

Die Cimbernstraße jedenfalls war in Nikolassee, einem Außenbezirk, der gerade noch auf den Stadtplan passte. Und so, wie es aussah, würde ich den Rest des Tages brauchen, um dorthin zu kommen. Doch die Sache hatte auch ihr Gutes: Ich musste zur U-Bahn und auf dem Weg dorthin würde ich bei *Burger King* vorbeikommen.

Vorsichtig zog ich die aufgeweichten Pflaster ab, untersuchte meine Blasen und überklebte sie mit neuen. Die Tasche über der Schulter, drehte ich mich ein letztes Mal um: Etwas Friedliches lag über dem Park. Lauter entspannte Menschen, die geruhsam den Tag ausklingen ließen. Ich hätte wirklich gerne dazugehört, aber ich hatte ein Ziel und das verlangte von mir, dass ich jetzt nach Nikolassee fuhr. Wer weiß, dachte ich, vielleicht komme ich irgendwann mal wieder und alles ist anders.

Ich aß: ein Whopper-Cheese-Menu mit Country Potatoes, Cola und zweimal Ketchup, einen Delight Salad, einen Choco-Chocolate-Muffin und einen King Sundae Erdbeer. Danach war mir schlecht, trotzdem fühlte ich mich irgendwie befriedigt. Zum Glück war die Treppe zur U-Bahn direkt neben *Burger King*. Ich musste mich nur die Stufen runterfallen lassen. An der Friedrichstraße stieg ich um – da kannte ich mich inzwischen aus – und fuhr zum dritten Mal durch den Hauptbahnhof.

Wenn man mit der S-Bahn nach Nikolassee fährt, ist das wie ein Ausflug ins Grüne. Erst kommen noch ein paar Lagerhallen, die mit Graffiti tätowiert sind, dann fährt man quer durch den Grunewald und hat das Gefühl, Berlin längst verlassen zu haben – bis sich plötzlich wieder Häuser zwischen die Bäume schieben und man merkt, dass man immer noch in der Stadt ist.

Nikolassee ist eine Villengegend. Auf den Straßen stehen teure Autos, viele Grundstücke sind von hohen Zäunen umgeben, damit man nicht in die Gärten gucken kann. Eine Gegend, wo jeder gerne für sich ist. Kaum war ich in die Cimbernstraße eingebogen, hörte ich jedoch ein Grölen wie im Bierzelt. Vor einem Gartentor standen drei Männer mit Bierkrügen in der Hand und merkwürdigen Mützen auf dem Kopf. Das Grundstück schien sehr groß zu sein, das Haus glich dem Landsitz eines Fürsten. An einem Mast wehte eine Fahne, die aussah wie eine Nationalflagge.

»Holde Maid!«, rief einer und deutete mit dem Bierkrug in meine Richtung. »Du kommst zur falschen Zeit.«

Ich überlegte, ob ich die Straßenseite wechseln sollte, doch das hätte nach Flucht ausgesehen und ich wollte nicht, dass sie glaubten, ich würde vor ihnen weglaufen.

»Wohin des Weges?«, sagte der zweite und stellte sich so hin, dass ich nicht vorbeikam.

Ich blieb stehen und sah ihm direkt in die Augen: »Nach Hause«, sagte ich.

»Bedauerlich«, sagte der dritte, dem eingetrock-

neter Bierschaum am Kinn klebte. »Doch dann hin-
wieder …«

»Das Tor zu unserem Reich bleibt Frauen am heu-
tigen Tage ohnehin verwehrt.«

»Leider, leider …«

»Nur Männer heute.«

»Sosehr uns das Herz blutet bei deinem holden
Antlitz.«

Ich blickte durch das offen stehende Gartentor. Auf
dem Rasen standen Bierbänke und -tische zu einem
großen Hufeisen angeordnet. Soweit ich sehen konnte, saßen dort nur Männer. Die meisten von ihnen trugen diese Mützen. Einer schrie etwas und riss seinen
Bierkrug in die Höhe und alle anderen taten es ihm
nach. Auch die drei Männer, die vor mir standen,
riefen irgendeine Parole, hoben ihre Gläser und tranken. Der mit dem Bierkinn hatte Mühe, das Gleichge-
wicht zu halten. Ich wollte schnell vorbeigehen, aber
jetzt verstellte mir Nummer zwei den Weg.

»Sagt, wo ist Euer Zuhause, holde Maid?«

Langsam bekam ich Angst, aber das wollte ich sie
auf keinen Fall merken lassen. »Ich bin die Tochter
von Professor Simon«, sagte ich. »Nummer dreizehn.«

»Die Tochter des Professors!«, rief der mit dem
Bier am Kinn.

»Doktor Schlimmfinger persönlich?«, sagte der
Zweite und drehte sich zu einer Villa um, die schräg

67

gegenüberlag. »Dachten wir nicht stets, seine Ehe sei kinderlos?«

»Seht nur, sie wird rot!«, rief der, der am Türpfosten lehnte.

»Das ist Sonnenbrand!«, sagte ich.

»Sonnenbrand«, wiederholte der Bierbart, als sei es nicht zu fassen.

»Professor müsste man sein!«

»Dürfte ich jetzt bitte vorbei?«, fragte ich.

»Unbedingt. Die Tochter des Professors ist sakrosankt.«

Endlich trat er zur Seite und ich ging zwischen ihnen hindurch.

Ich hörte noch, wie hinter mir einer rief: »Komm wieder, holdes Mädchen!«

Nummer 13 war die Villa, zu der sich der eine umgedreht hatte. Hinter der Gartenpforte stand eine Frau, als habe sie mich bereits erwartet. Sie war um die 50, wäre aber gerne 35 gewesen, trug italienische Sandalen mit Goldriemchen und Absätzen, die sie größer machten als mich, war ganz in Weiß gekleidet und musterte mich mit einem Blick, der die Sahara in eine Eiswüste verwandelt hätte. Ihr Parfum wehte zu mir herüber.

»Sie wünschen?«

So hatte mich noch nie jemand angeredet. Ich wusste gar nicht, was ich erwidern sollte. Sie war stark geschminkt. Jedes Mal, wenn sie die Augen schloss, traten zwei violette Kreise an ihre Stelle.

»Guten Tag«, sagte ich schließlich. »Ich heiße Frieda Kobler …«

»So, so«, warf sie mit gespitzten Lippen ein.

»Ich wollte zu Professor Simon«, sagte ich.

»So, so«, wiederholte sie. »Und warum, wenn ich fragen darf?«

»Ich wollte ihn etwas fragen.«

»Pah!« Sie fuhr sich mit nervösen Fingern durch die Haare. »Das kann ich mir vorstellen, dass du ihn gerne etwas *fragen* würdest.« Sie lachte kurz auf, leckte sich, ohne es zu merken, den Zeigefinger an und zog sich damit die Augenbrauen nach. Sie murmelte: »Jetzt bestellt er seine Gespielinnen schon nach Hause.«

Ich fragte mich, ob ganz Nikolassee vielleicht ein einziges, großes Nervensanatorium für Reiche war. »Wie bitte?«, sagte ich.

»Hör zu!«, zischte sie. Ihre Finger schlossen sich um das Gartentor und ihre violett lackierten Nägel blitzten auf wie Tigerkrallen. »Er ist nicht zu sprechen, der Herr Professor. Nicht für dich und auch nicht für irgendein anderes von euch Studenten-Flittchen.« Sie bohrte sich einen lila Fingernagel in die Unterlippe und begann wieder zu murmeln: »Werden jedes Jahr jünger, diese Küken.«

Am liebsten hätte ich mich in Luft aufgelöst, wäre davongeschwebt und hätte mich zu Hause in meinem Bett wieder materialisiert, neben mir Goodbye, dem ich den Nacken kraulen würde. Hauptsache weg von den Betrunkenen und weg von dieser Albino-Echse. Ich schloss kurz die Augen und versuchte es, aber es funktionierte ebenso wenig, wie ich mit meinen Gedanken Wespen verscheuchen kann.

»Aber ich bin keine Studentin«, sagte ich. »Ich kenne den Professor gar nicht. Ich möchte ihn nur etwas fr…«

»Er ist nicht zu sprechen, sag ich!«

In diesem Moment öffnete sich die Haustür und ein kleiner Mann erschien. Er trug eine Schärpe quer über seinem Jackett und hatte eine von diesen Mützen in der Hand, wie sie die Betrunkenen getragen hatten.

»Was ist denn, Engelchen?«, sagte er mit Piepsstimme und hüpfte die Stufen zum Garten herunter.

»Wo willst du hin, Cornelius?«, fragte die Drachenlady.

Als er neben ihr stand, war er fast einen Kopf kleiner als sie. »Aber Roswita, Engelchen …« Er zeigte seine Mütze vor. »Heute ist doch das große Treffen. Weißt du nicht mehr? Das Treffen – wir haben doch darüber gesprochen.«

»Was für ein Treffen?«

»Meine Kameraden – du weißt doch.« Er zupfte an seiner Schärpe. »Wir haben das doch ausführlichst besprochen.«

Roswita war für einen Moment sprachlos. Jetzt oder nie, dachte ich. »Entschuldigung«, sagte ich, »sind Sie Professor Simon?«

Er drehte sich zu mir und grinste wie ein Honigkuchenpferd: »Das bin ich«, sagte er, »das bin ich!«

Er öffnete die Gartentür, kam heraus und schloss sie hinter sich. Anschließend tätschelte er die Finger seiner Frau, die noch immer das Geländer umklammerten. »Um elf bin ich wieder zurück, Roswita Herzchen. Und vergiss nicht, das Wasser abzudrehen, wenn du dein Bad nimmst.« Er fasste mich am Ellenbogen. Kaum waren wir zwei Schritte gegangen, knipste er sein Grinsen wieder an: »Kommen Sie, kommen Sie!«

Er setzte seine Mütze auf und zog mich zum Garten der Betrunkenen. Bis wir dort ankamen, hatte ich herausgefunden, dass er Cornelius hieß, keine Kinder hatte und auch niemanden mit Namen Carlos Simon kannte. Dafür hatte er eine Sprechstunde in seinem Studierzimmer an der Universität, freitags von 13 bis 17 Uhr.

»Hier«, sagte er und zog eine Visitenkarte aus seinem Jackett, »hier!« Seine Stimme, die eben noch einer Maus gehört hatte, war plötzlich die eines Löwen. »Nehmen Sie, nehmen Sie! Und besuchen Sie mich!« Er drängte mir die Karte auf. »Besuchen Sie mich. Ich werde Sie erwarten.«

Fluchtartig lief ich in irgendeine Richtung, bog um eine Ecke, verlor die Orientierung und ging weiter, bis ich sicher war, genug Abstand zwischen mich und die Cimbernstraße gebracht zu haben. Ich konnte kaum noch laufen, außerdem war meine Tasche so schwer wie ein ausgewachsenes Shire Horse. Ich setzte mich auf eine Bank, streckte die Beine aus, nahm meine Liste und strich so lange Prof. C. Simon aus, bis von der Schrift nichts mehr zu sehen war. Im Grunde war ich erleichtert. Lieber noch hätte ich einen Obdachlosen als Vater gehabt als diesen Professor.

Jetzt war nur noch ein C. Simon übrig. Soldiner Straße 41. Wo auch immer die sein mochte, es musste auf einem anderen Planeten sein. Und ich hätte schon einen Hubschrauber gebraucht, um nur bis zur nächsten Bank zu kommen. Also machte ich nichts, gar nichts. Wartete darauf, dass etwas passierte. Vor mir breitete sich eine Wiese aus. Menschen führten Hunde spazieren, Fünfjährige mit bunten Helmen übten Fahrradfahren, Eltern gingen an mir vorüber. Keiner bemerkte mich. Ich hörte Glocken läuten. Mein Handy zeigte 18:00 Uhr. Eine Frage, die ich den ganzen Tag verdrängt hatte, kehrte zurück und ließ sich nicht wieder verscheuchen: Wo sollte ich heute Nacht schlafen? Es gab niemanden, den ich um Hilfe bitten oder anrufen konnte. Und der letzte C. Simon wohnte auf einem anderen Planeten.

Die Sonne war tiefer gesunken. Eben noch reichte ihr Schatten gerade so bis an einen orangefarbenen Mülleimer heran, jetzt war der Abfallbehälter bereits vollständig ins Halbdunkel getaucht. Die letzten Menschen traten den Heimweg an. Einer von ihnen, ir-

gendwo in dieser Stadt, war mein Vater. Als ich die
Namensliste zurück in die Hosentasche steckte, merkte ich, dass ich noch immer die Visitenkarte des Taxi-
fahrers mit mir herumtrug.

HEINZ MAHLOW

TAXIUNTERNEHMEN

Ich drehte sie zwischen den Fingern. *Wenn du nicht
mehr weißt, wo es langgeht …* Das war es, was er gesagt hatte. Ich hielt die Karte noch ein paar Minuten
in den Fingern, dann nahm ich mein Handy und wählte die Nummer.

»Mahlow-Taxi.«

Ich erkannte sofort seine Stimme wieder. »Äh, hallo«, sagte ich. »Sie haben mir heute Morgen Ihre Karte
gegeben …«

Nach einer kurzen Pause sagte er: »Die Kleene vom
Bahnhof?«

»Die bin ich.«

»Und wieso rufste mir jetzt an?«

Über der Wiese kreisten Vögel im Sonnenschein,
die Kirchenglocken waren verstummt. »Ich weiß nicht
mehr, wo es langgeht.« Etwas Besseres fiel mir nicht
ein.

»Wo steckst'n?«

»Weiß ich nicht.«

»Keen Schild inner Nähe?«

Ich sah mich um: »Doch: ›An der Rehwiese‹.«

»Wie bist'n dahin jekommen?«

»Ich hab was gesucht.«

»Hastet wenigstns jefundn?«

»Nee.«

»Pass uff: Die Rehwiese is lang. Jibt's da noch'n Schild?«

»Ach du Scheiße«, sagte ich, »wenn die genauso verrückt sind …«

»Wat sachste?«

»Entschuldigung«, sagte ich. »Ja, ich meine: Hier gibt es noch ein Schild: ›Teutonenstraße‹.«

»Und wer is jetz verrückt?«

»Die Cimbern. Die Cimbern tragen komische Mützen und sind verrückt. Vielleicht nicht alle, aber die, die eine Mütze aufhaben. Und wenn schon die Cimbern verrückt sind, dann sind die Teutonen doch bestimmt mindestens genauso verrückt …« Ich redete nur noch wirres Zeug.

»Bleib, wode bist«, sagte er, »halbe Stunde bin ick da.«

Der Schatten des Baumes hatte das andere Ende der Wiese erreicht, als hinter mir ein Auto hielt und eine Stimme fragte: »Wo solls'n hinjehn?«

Wie schon heute Morgen legte er meine Tasche in den Kofferraum und hielt mir die Tür auf. Als wir im Wagen saßen, fragte ich: »Kennen Sie jemanden, der Carlos Simon heißt?«

74

»Keen Schimmer. Ick bin übrigens der Heinz.« Er reichte mir seine Hand über die Schulter.

Ich schüttelte sie. »Frieda«, antwortete ich, »Frieda Kobler.«

»Und, Frieda, wohin?«

Ich konnte ihm schlecht sagen, dass ich immer noch kein Ziel hatte. Außerdem stimmte das ja nicht. Ich hatte eins: meinen Vater finden. Ich zog die Liste aus der Hosentasche und las die Adresse des letzten verbliebenen C. Simon vor: »Soldiner Straße einundvierzig.«

»Weiter weg ging's wohl nich.«

»Tut mir leid«, sagte ich.

»Wohnt da etwa dein Carlos?«

»Vielleicht.«

Wir sprachen nicht viel. Herr Mahlow, ich meine Heinz, verzichtete auf weitere Fragen, obwohl ich merkte, dass er gerne mehr gewusst hätte. Ich war ihm dankbar dafür. Auf der Autobahn zurück ins Zentrum verwischte der Wald zu einem einzigen leuchtend grünen Band und lange Zeit dachte ich an gar nichts mehr.

Heinz hatte das Taxameter ausgelassen. Als er mich absetzte, meinte er: »Gib mir'n Zehner.«

Das war garantiert viel weniger, als ich für so eine Strecke sonst bezahlt hätte, jedenfalls in München. »Danke«, sagte ich.

»Keene Ursache. Soll ick warten?«

75

Ich sah ihn fragend an.

»Na, falls er nich da is – dein Carlos.«

»Danke«, sagte ich, »nicht nötig.«

Zum Abschied gab er mir wieder die Hand. »Mach keen Blödsinn, hörste?«

Ich versuchte zu lächeln: »Keine Sorge.«

»Hab 'ne Lütte, die's ooch so alt wie du …«

Die meisten Häuser waren ziemlich heruntergekommen, auf der Straße aber war viel los. An der Ecke standen vier junge Männer um ein schwarzes Auto und hörten Musik, überhaupt war der Gehsteig voller Menschen. Viele saßen auf umgedrehten Holzkisten oder alten Sofas, die irgendjemand auf die Straße gestellt hatte – alte Menschen, junge Menschen, Hunde, Kinder, Fußbälle. Eine Gruppe von Männern hatte sich vor einer Blechtonne versammelt, auf der ein Fernseher stand. So, wie sie mitfieberten, musste es ein Fußballspiel sein.

Die Haustür zu Nummer 41 stand offen. Es gab keine Namensschilder, so musste ich mich durchs Haus suchen. Erst das Vorderhaus, dann der Seitenflügel. Im zweiten Stock im Hinterhaus wurde ich schließlich fündig. Es gab keine Klingel, dafür war ein Graffito auf der Tür – so groß, dass es sich bis auf die Wand ausdehnte. Ich musste einen Schritt zurücktreten, um es überhaupt lesen zu können. S I M O N stand da in riesengroßen, verschlungenen Buchstaben.

Der letzte C Simon. Danach gab es nur noch Ks. Ich holte tief Luft und klingelte. Nichts. Ich klingelte noch einmal und wartete. Wieder nichts. Kein Wunder, dachte ich. So wie es hier auf der Straße zugeht, benutzen die ihre Wohnungen sowieso nur zum Schlafen.

Jemand kam die Treppe herauf, drei Stufen auf einmal – ein junger Mann, achtzehn oder so, mit Rastalocken und einem Basketball unter dem Arm. »Wenn du zu Carlos willst: Der ist unten«, rief er im Vorbeilaufen. »Liegt unter seinem Schrotthaufen.« Schon war er auf dem nächsten Absatz.

»Warte mal!«, rief ich.

Er blieb stehen.

Ich ging ein paar Stufen hoch, um ihn sehen zu können: »Was hast du gerade gesagt?«

»Ist'n Schrotthaufen, hab ich gesagt. Ohne Scheiß. Roter Fiat. Original Scheißkiste, sag ich dir. ›Carlos, was willst du‹, hab ich ihm gesagt, ›'n Auto oder'n Fiat?‹, ›'n Fiat‹, hat er gesagt. Jetzt liegt er drunter und schraubt. Selber schuld, kann ich da nur sagen … Und rot! Echt Mann, was soll'n das für 'ne Farbe sein? Ist doch kein Ferrari.«

»Nein«, sagte ich, »ich meine nicht das Auto.«

»Is ja auch kein Auto – is'n Fiat, Mann.«

»Ich meine Carlos.«

»Und ich mein den Fiat.«

»Ja, nein. Ich meine: Carlos – wohnt der hier?«

»Was'n das für'ne Frage? Klar wohnt der hier. Is ja
kein Fiat. Denn wenn Carlos'n Fiat wäre, wär er ja kein
Auto, und dann würde er auch nicht Carlos heißen
und vielleicht auch nicht hier wohnen. Aber Carlos ist
Carlos, Mann, und deshalb wohnt er auch hier. Wieso – willst du gar nicht zu Carlos?«

»Carlos Simon?«, fragte ich. »*Hier* wohnt Carlos
Simon?«

»Klar Mann, wer denn sonst: Brad Pitt oder was?«

»Und er ist draußen auf der Straße und liegt unter
seinem Auto?«

»Der *wohnt* unter seinem Auto, außerdem isses
kein Auto, sondern'n Fiat. Hätte sich besser'n Boller-
wagen kaufen sollen, da funktioniert wenigstens die
Lenkachse …«

Er sagte noch etwas, aber ich hörte ihn nicht mehr.
Ich lief die Treppe runter, so schnell, wie er sie herauf-
gekommen war.

Carlos' Fiat hatte keine Reifen, sondern Beine aus
Ziegelsteinen. Um das Auto herum lag Werkzeug
verstreut. Unter einem Kotflügel ragten zwei Beine
in einer zerrissenen Jeans hervor. Eine Hand tastete
auf dem Bürgersteig nach einem Schraubenschlüssel,
fand ihn und zog sich wieder zurück. Ich stellte meine
Tasche ab und schluckte. Die Gruppe vor dem Fernseher schrie auf – irgendwer hatte ein Tor geschossen.
Ein herrenloser Hund musterte mich, lief weiter und
verschwand zwischen zwei parkenden Autos.

Vor mir lag mein Vater. Jetzt musste ich entscheiden. Ich konnte meine Tasche nehmen, nach München zurückfahren und so tun, als hätte es diesen Tag nie gegeben, einfach weitermachen wie bisher, Schule, alt werden, eine Familie gründen und irgendwann sterben, ohne ihn je gesehen zu haben und ohne, dass er je von mir erfahren hätte. Vielleicht würde ich später mal eigene Kinder haben, die hätten dann eben keinen Großvater, oder nur einen. Jedenfalls nicht den, der da vor mir unter dem Auto lag und nichts von mir wusste. Bis jetzt nicht.

Oder ich konnte ihm jetzt sagen, wer ich war und dass er eine Tochter hatte, und damit mein Leben und sein Leben und das von Mama und wer weiß wem noch unwiderruflich und für immer verändern. Die letzte Abendsonne kam um eine Häuserecke und drückte meinen Schatten gegen die Wand, lang und dünn, wie ausgewalzt. Eine Taube landete auf dem Bürgersteig. Auf der Hauswand sah es so aus, als würde sie durch mich hindurchfliegen.

»Herr Simon?«, fragte ich.

»Yo, was gibt's?« So, wie er sprach, musste er einen Schraubenschlüssel zwischen den Zähnen halten.

»Ich bin Frieda Kobler«, sagte ich.

Er klopfte auf etwas herum: »Schön für dich.« Offenbar versuchte er, eine Schraube oder so zu lösen. »Krass-Scheiß-Fuck-Mann«, fluchte er.

»Ich glaube, ich bin Ihre Tochter.«

Er rutschte mit irgendetwas ab und rief: »Auu-Fuck-Scheiße!«

Dann war es still. Eine Hand umfasste die Stoß-stange und Carlos Simon ruckelte sich langsam unter dem Auto hervor. Die andere Hand blutete. Er setzte sich auf und hielt sie an den Körper gepresst. Über dem Daumen klaffte eine Wunde, das Blut lief seinen Unterarm entlang. Mir wurde flau und ich musste kurz wegsehen.

Vorsichtig drückte er den Spalt zusammen. »Drei Stiche«, stellte er fest. »Mindestens. Fuck.«

Dann sah er zu mir auf und ich erkannte, dass er höchstens neunzehn oder zwanzig war.

4

Hatte ich wirklich geglaubt, ich würde meinen Vater
finden? Nach vierzehn Jahren? Einfach so? Mit nichts
als einem Namen? Ja, hatte ich. Ich hatte es tatsächlich
geglaubt. Ich war noch naiver gewesen als Rotkäpp-
chen: »Aber Großmutter, warum hast du denn so
große Augen?« – »Damit ich dich besser sehen kann.«
Wer glaubt denn so einen Mist? Nur Frieda Kobler
konnte noch leichtgläubiger sein. Erste Sahne, Frieda,
herzlichen Glückwunsch! Du DUMME GANS!

Ich war so sauer, dass ich die Liste mit den C
Simons zerknüllte und von einer Brücke warf. Aber
nicht einmal das gelang mir. Sie flog gegen das Geländer und fiel zu Boden. Ich wollte die Papierkugel
von der Brücke schießen, traf aber nur einen Pfosten
und dann spürte ich für einen Moment nichts anderes
mehr als einen brennenden Schmerz – als hätte mir
jemand einen Nagel durch den kleinen Zeh gebohrt.
Ich schrie auf, hielt mir den Fuß, und als der Schmerz
so weit nachgelassen hatte, dass ich wieder atmen
konnte, lehnte ich mich gegen das Brückengeländer
und ließ mich daran runterrutschen, bis ich auf dem
Boden saß.

So, Frieda, und jetzt? Der Zettel lag neben mir, als wolle er sich über mich lustig machen. Ich wischte ihn vom Gehsteig, unter dem Geländer hindurch, und weg war er. Tschüss für immer, so einfach. Wenigstens weinte ich nicht. Der Hund, der mich vor drei Minuten angestarrt hatte und anschließend zwischen den Autos verschwunden war, kam vorbeigetrippelt, beschnupperte meinen Schuh, schien keinerlei Erinnerung an mich zu haben und lief weiter. Gegen die Halbwertszeit so eines Hundegehirns ist Vitamin C ein echter Dauerbrenner. Hunde sind sowieso blöd. Von Natur aus. Vielleicht sogar noch blöder als ich.

Ich zählte mein Geld. Etwas anderes fiel mir nicht ein. Ich hatte noch 158 Euro und 60 Cent. 52,50 brauchte ich für die Rückfahrt, also blieben mir noch ungefähr hundert. Ich hätte mir ein Hotelzimmer nehmen können. Kein teures, aber irgendetwas Kleines. Eine Matratze, eine Dusche, saubere Handtücher und Kopfkissen; Frühstück, ein gekochtes Ei und Orangensaft; Duschgel, Shampoo und Körperlotion in kleinen Fläschchen. Und eine Decke zum Über-den-Kopf-ziehen. Aber in Hotels musste man seinen Ausweis vorzeigen, und wenn die sahen, dass ich erst vierzehn war und alleine und außerdem aus München kam … Das würde sicher Ärger geben. Nein, ein Hotel ging nicht. Außerdem hätte ich dann praktisch keinen Cent mehr übrig.

Ich war kurz davor, noch mal Heinz Mahlow anzurufen, den einzigen Menschen, den ich in dieser Stadt kannte. Aber der würde anfangen, Fragen zu stellen, und dann saß ich genauso in der Klemme. Außerdem: Was sollte ich ihm sagen? Dass ich schon wieder nicht mehr wusste, wo es langgeht? Nein, ein Hotel schied aus und Heinz Mahlow ebenfalls. Also? Mit den K Simons anfangen? Bloß nicht. Heb dir ein paar Enttäuschungen für morgen auf, dachte ich. Für heute hast du genug gesammelt. Noch eine und ich würde stehen bleiben wie eine Uhr mit leerer Batterie. Dann würde die Zeit aufhören zu existieren und Schluss. Leer, dunkel, kalt. Gefangen im Keller der Zeit. Keller der Zeit? Was war denn das für ein Unsinn?

Auf der anderen Seite: Was hatte ich noch außer der Liste mit den K Simons? Einen geschwollenen Zeh. Keine Ahnung, wo ich schlafen sollte. Nichts. Der Tag war noch nicht zu Ende, auch wenn ich am liebsten einfach das Licht ausgeknipst hätte. Viertel vor acht. Da ging noch was. Und jede Enttäuschung, die ich hinter mir hatte, war eine weniger, die vor mir lag. Im schlimmsten Fall landete ich im Keller der Zeit und da konnte es so übel auch nicht sein. Wenigstens müsste ich mir dann keine Gedanken mehr darüber machen, wo ich schlafen sollte. Einen, dachte ich. Nur einen noch. Das war dann auch garantiert der Letzte für heute. Danach konnte diese Stadt mit mir machen, was sie wollte.

83

Für den »einen noch« musste ich nach Kreuzberg, Liegnitzer Straße. Also wieder zur U-Bahn, rein, raus, rein, raus, derselbe muffige Geruch, dieselben Obdachlosen mit ihren Straßenzeitungen, dieselben müden Gesichter. Und meins das müdeste von allen. Ich lief durch Straßen, von denen eine aussah wie die nächste, vorbei an Häusern, die mal ein bisschen heller, mal ein bisschen dunkler und manchmal fast schwarz waren.

Liegnitzer Straße Nummer sechs war eins von den fast schwarzen Häusern und sah aus wie eine gescheckte Kuh. Von dem Putz fehlte die Hälfte und das waren die helleren Stellen. Links neben dem Eingang gab es eine Tür, die direkt von der Straße in den Keller führte. Darüber waren noch Reste eines Schriftzugs erkennbar:

Kohlenhandlung

Der stammte bestimmt aus einer Zeit, als der Putz noch in einem Stück gewesen war und das Haus noch zu den helleren gehört hatte. Es gab Klingeln, das heißt: Es hatte mal welche gegeben. Bei den meisten allerdings fehlten die Knöpfe und nur zwei dünne Drähte ragten aus der Wand. Die Namensschilder waren entweder nicht mehr da oder so oft überkritzelt und durchgestrichen worden, dass man unmöglich sagen konnte, wer dort wohnen sollte. Die Tür war verschlossen.

Und wie weiter? Ich hätte noch einmal mein Geld zählen können, aber ich wusste, dass es 158 Euro 60 waren. Sofern ich mich vorhin nicht verzählt hatte. Also stand ich einfach nur blöd in der Gegend herum. Etwas zu trinken wäre schön gewesen. Wasser. Einfach nur ein Glas Wasser. Komisch, dachte ich, wie sich die Bedürfnisse ändern. Gestern noch war mir die Torte meiner Tante nicht gut genug gewesen, jetzt hätte ich mich schon über einen Schluck Wasser gefreut, kalt vielleicht und mit etwas Kohlensäure.

Die Tür ging auf und eine sehr kleine, sehr alte Frau kam aus dem Haus. Sie trug eine grün karierte Kittelschürze und zog einen Trolley hinter sich her, der ebenfalls kariert war und außerdem furchtbar quietschte. Ich stellte meinen Fuß in die Tür, bevor sie ins Schloss fallen konnte. Das Haus hatte weder einen Seitenflügel noch ein Hinterhaus. Dafür lag überall Müll herum. Im Durchgang türmten sich Teppichreste, der Platz hinter dem Haus war von Bauschutt bedeckt, aus dem umgedrehte Badewannen und alte Paletten ragten wie nach einem Erdbeben. Es gab kaum eine Stelle, die nicht mit irgendwelchen Namen oder Symbolen besprüht war. Mama hätte einen Ganzkörperausschlag bekommen, wenn sie dieses Chaos gesehen hätte. Quer über der Toreinfahrt stand in leuchtend roter Schrift:

Schusswaffenfreie Zone

Die Stufen waren mit einem brüchigen Linoleum beklebt, das vor ungefähr hundert Jahren mal rot gewesen sein musste. Auf jedem Treppenabsatz flehten meine Füße um Gnade, aber erst im vierten Stock begegnete mir endlich eine Tür, neben der mit schwarzem Edding SIMON auf die Wand gemalt war. Ich stellte meine Tasche ab, nahm meine letzte Energie und meinen letzten Mut zusammen und klopfte. Als nichts geschah, klopfte ich noch einmal, lauter. Doch es öffnete niemand. Ich weiß nicht, warum, aber ich hatte nichts anderes erwartet. Und dann machte ich das, was ich, wenn ich ehrlich war, schon machen wollte, seit ich in Nikolassee auf der Bank gesessen und die Glocken gehört hatte: Ich setzte mich neben meine Tasche und weinte.

Hier oben auf dem Treppenabsatz fühlte es sich ein bisschen so an, wie ich mir den Keller der Zeit vorstellte: dämmrig, muffig, nur kalt war es nicht. Im Gegenteil: Die Hitze des Tages hatte sich im Treppenhaus gesammelt, hatte sich, genau wie ich, die vier Stockwerke emporgearbeitet und hockte jetzt neben mir auf dem Absatz und wartete geduldig auf die Nacht. Wenn man genau hinsah, konnte man erkennen, wie vor dem Fenster, das auf den Hof hinausging, langsam der Staub zu Boden schwebte. Ich war verschwitzt, verdreckt, verheult und meine neuen Sneakers sahen nach einem Tag aus wie nach einer Weltreise. Doch im Moment war mir das alles egal. Ich würde einfach hier

sitzen bleiben und gemeinsam mit der Hitze auf die
Nacht warten. Ich war die Uhr ohne Batterie, die keine
Zeit mehr kannte.

Irgendwann ging die Haustür, dann kamen Schuhe
die Treppe herauf und der Staub vor dem Fenster ver-
wirbelte sich. Ich hielt meinen Kopf gesenkt. Es inte-
ressierte mich nicht, wer da die Treppe heraufkam.
Ich wollte nur noch meine Ruhe. Außerdem sah man
bestimmt, dass ich geweint hatte, und das ist mir immer total peinlich. Aus dem Augenwinkel nahm ich
ein paar schwarze, ausgetretene Chucks wahr, die nur
bis zur Hälfte geschnürt waren. Die Schnürsenkel
waren ebenfalls schwarz. Dann standen die Chucks
hinter mir, ich hörte, wie ein Schlüssel ins Schloss
gesteckt wurde und eine junge Frauenstimme fragte:
    »Sonst alles klar?«
Ich nickte unter meinem Haarschleier.
    »Na dann …«
    Sie schloss die Tür auf und verschwand in der
Wohnung.
    Danach war es wieder ruhig. Ungefähr eine Minute
lang. Bis plötzlich Musik aus der Wohnung drang, die
sich wie ein wild gewordener Hornissenschwarm an-
hörte. Mir kam es vor, als sollte ich vertrieben werden: *Was sitzt'n hier so blöd rum?*, schien die Musik
zu rufen. *Hast du nichts Besseres zu tun?* Hatte ich
nicht. Also blieb ich sitzen. Für heute war ich genug

herumgelaufen, genug für eine Woche sogar, oder einen Monat.

Nach einer Weile ging die Tür wieder auf. Die Musik brachte den Staub vor dem Fenster zum Tanzen.

»Wartest du auf jemand Bestimmtes?«, rief die Stimme von eben.

Ich antwortete nicht. Was hätte ich auch sagen sollen? Auf meinen Vater? Das hätte die nie kapiert. Stattdessen fing ich wieder an zu weinen.

»Irgendwas, das ich wissen müsste?«

Ich schüttelte den Kopf.

Die Tür schloss sich wieder und alles war so wie vorher, außer dass mir die Musik, jetzt, nachdem ich sie in voller Lautstärke gehört hatte, richtig leise vorkam.

»Willst du die ganze Nacht hier sitzen?«

Es war vielleicht eine Stunde verstrichen, vielleicht waren es auch zwei. Draußen wurde es dunkel. Der Staub vor dem Fenster war nicht mehr zu sehen. Die Musik allerdings lief immer noch.

»Ich weiß nicht«, gab ich kleinlaut zu.

»Was?«, rief sie gegen die Musik an.

»Ich weiß nicht!«, rief ich zurück.

Das Mädchen stellte sich neben mich. Zum ersten Mal sah ich sie ganz. Nicht nur ihre Schuhe, auch ihre Hose und ihr T-Shirt waren schwarz. Dazu grüne Haare, blaue Fingernägel und ein leuchtend roter

Lippenstift. Sie hatte einen Nasenring und ein Unterlippenpiercing. Eine Kreuzung aus Punk und Grufti,
dachte ich. Wenn Mama unten im Hausflur einen
Ausschlag bekommen hätte, dann wäre spätenstens
jetzt ein Nervenzusammenbruch fällig gewesen.

Bei uns an der Schule haben wir weder Gruftis
noch Punks, aber bei Lisa in der Klasse gibt es einen
Grufti – Richard, der sich selbst nur ›Prince of Dark-
ness‹ nennt. Lisa hat erzählt, dass der manchmal schon
morgens so neben der Spur ist, dass er am Schultor
vorbeiläuft, ohne es zu merken.

»Was soll'n das werden?«, fragte das Mädchen. »'n
Sitzstreik?« Sie wirkte so, als würde sie auf eigene
Faust durch den Atlantik schwimmen, wenn es sein
müsste.

»Ich geh ja gleich wieder«, sagte ich.

»Wenn's dir Spaß macht, kannste auch sitzen bleiben.« Sie drehte sich zur Wohnung, hielt aber noch
einmal inne. »*Macht's* dir Spaß?«

Ich zog nur die Schultern hoch.

Das Mädchen spielte von innen mit der Zunge an
ihrem Piercing – ein silberner Dorn, der aus ihrer
Unterlippe ragte und jetzt hin und her wackelte.
»Brauchst du was?«, fragte sie.

»Ich müsste mal auf Toilette«, antwortete ich.

»Dafür musste doch keinen Sitzstreik veranstalten.«

In der Wohnung sah es nicht so schlimm aus wie
auf dem Platz hinter dem Haus, aber auch nicht deut-

lich besser. Im Flur lagen Sporttaschen übereinander, daneben ein Haufen Schuhe und quer durch den Raum war eine Wäscheleine gespannt, auf der schwarze Sachen trockneten. Die Musik kam aus einem Zimmer, von dem ich nur den Türrahmen sehen konnte. In der Küche ragte ein schiefer Turm aus Tellern, Pfannen und Backformen aus dem Waschbecken, neben halb leeren Kaffeetassen lagen verschmierte Messer, um den Tisch herum war ein Kranz aus Krümeln auf dem Boden. Wieder dachte ich an Mama: Wenn die mehr als zwei Krümel an einem Ort sieht, ruft die sofort den Kammerjäger.

»Falls du dich fragst, warum hier kein Klo ist«, sagte das Mädchen, »das ist die Küche.«

»Was hast du gesagt?«

Sie zeigte über den Flur. »Ich denke, du musst aufs Klo.«

Auch im Bad sah es ziemlich chaotisch aus: Vor der Waschmaschine stapelte sich Wäsche auf dem Boden, die Tuben waren nicht richtig ausgedrückt, alles lag kreuz und quer verteilt. Aber schmutzig war es nicht. Gepflegt unordentlich – das wäre die richtige Bezeichnung gewesen.

Das Mädchen saß in der Küche, als ich aus dem Bad kam, kaute auf einem Brot und las in einem Buch, das vor ihr auf dem Tisch lag. Die Musik war verstummt.

»Kann ich vielleicht einen Schluck Wasser haben?«, fragte ich.

»Gläser sind da«, sagte sie und zeigte auf ein Regal in der Ecke, »Hahn ist über der Spüle.«

Ich fragte mich, ob das einfach ihre Art war, so schroff zu sein, oder ob sie versuchte, mich loszuwerden. Aber unfreundlich klang sie eigentlich nicht und so, wie mein erster Eindruck von ihr war, hätte sie mir bestimmt einfach gesagt, dass ich gehen soll, wenn sie das gewollt hätte.

»Danke«, sagte ich, setzte mich ihr gegenüber an den Tisch und trank.

Es schmeckte wirklich gut. Wasser, einfach nur Wasser, und nicht einmal mit Kohlensäure. Sie sah mich an und legte das aufgeschlagene Buch, die Seiten nach unten, auf den Tisch. Trotz der ganzen Unordnung hatte die Wohnung etwas sehr Einladendes. Ich kam erst nicht drauf, aber dann wurde mir klar, dass es der Geruch war: In der ganzen Wohnung roch es nach Kuchen, wie in einer Bäckerei.

»Ich heiße übrigens Frieda«, sagte ich.

»Nelly«, antwortete Nelly.

»Darf ich dich was fragen, Nelly?«

Sie biss in ihr Brot: »Nur zu.«

»Wohnst du ganz alleine hier?«

Nelly kaute munter weiter: »Wie kommst'n auf das schmale Brett?«

»Na ja, ich dachte, weil es hier so … unordentlich ist.«

Nelly blickte sich um, als sehe sie die Wohnung

zum ersten Mal. Dann zog sie die Schultern hoch. »Ansichtssache. Auch eins?« Sie wedelte mit ihrer Brotscheibe.

»Gerne.«

Nelly stand auf, griff sich ein riesiges Brotmesser und schnitt zwei Scheiben von dem Brotlaib ab, der neben der Spüle lag. Die Scheiben sahen aus wie mit der Maschine geschnitten.

»Nutella?«

Ich nickte und sie schob mir das Glas hin.

»Wenn *ich* hier nicht wohnen würde, sähe es noch viel chaotischer aus«, erklärte sie. »Mein Vater sieht Dreck erst, wenn er ihm im Auge klebt.«

Ich wollte gerade abbeißen, nahm aber das Brot noch mal aus dem Mund: »Du wohnst hier mit deinem Vater?«

»Was dagegen?«

»Heißt der vielleicht Carlos?«

»Nee, Kai. Wieso fragst'n?«

»Nur so.« Ich biss von meinem Brot ab. Wasser und Nutellabrot. Ich hatte nie gewusst, wie gut das schmeckte. Als würde mir jemand von innen den Bauch streicheln. »Und er spielt auch nicht zufällig Gitarre?«

»Manchmal spielt er Playstation, aber das war's dann auch. Wieso willst'n das wissen?«

»Ich such jemanden – nicht so wichtig.«

Nelly stand auf und schnitt eine weitere Brotscheibe ab. »Sonst isst du am Ende noch die Tischplatte«, sagte sie und legte sie vor mich. Sie sah mir zu, wie ich das Brot schmierte und aß, und ich glaube, sie war einigermaßen belustigt. Ihr Lippenpiercing wackelte wieder hin und her. »Sag mal: Hast du da draußen geflennt?«, fragte sie.

»Quatsch«, antwortete ich.

»Also ja.«

»Nein, hab ich nicht – echt nicht!«

»Klar haste. Sieht man doch.«

Jetzt war ich es, die mit vollem Mund sprach: »Denk doch, was du willst.«

Nelly grinste mich an: »Mach ich immer.«

Ich war beleidigt. »Was bist'n du eigentlich?«, fragte ich. »Grufti oder Punk?«

»Ich bin ich«, schnappte Nelly zurück. »Und Leute, die immer sofort jeden in eine Schublade stecken, tun mir leid.«

»Schon gut, ich dachte nur, weil …«

»Weil was? Weil ich zufällig schwarze Klamotten trage und grüne Haare hab und ›Horrorpops‹ höre?«

»Jetzt reg dich doch nicht gleich so auf. Ich wollte dich nicht in eine Schublade stecken«, sagte ich, fand aber immer noch, dass sie wie eine Kreuzung aus Punk und Grufti aussah.

Wir kauten eine Weile auf unseren Broten herum, dann sagte ich: »Nimmst du Drogen?«

»Was soll'n das jetzt schon wieder? Ich denk, du

willst mich nicht in eine Schublade stecken. Aber kaum zeigt man dir ein schwarzes T-Shirt und grüne Haare, glaubst du schon, da sind Drogen im Spiel.«

»War doch nur eine Frage«, entgegnete ich. »Ich kenne nämlich sonst keine Gruftis und der bei meiner Freundin in der Klasse ist morgens manchmal schon so bekifft, dass er am Schultor vorbeiläuft, ohne es zu merken.«

»Hallo!«, rief Nelly und fuchtelte mit den Armen, »jemand zu Hause? ICH BIN KEIN GRUFTI! Und Drogen finde ich generell scheiße. Wenn mein Vater einen Joint raucht, krieg ich schon die Flocken.«

»Dein Vater ist ein Kiffer?«

»Blödsinn. Aber manchmal raucht er eben einen Joint. Ich sag ihm jedes Mal, dass das scheiße ist, aber er meint, es tut niemandem weh, und was niemandem wehtut, ist erlaubt. Letztlich hat er recht. Ist schließlich seine Gesundheit. Scheiße find ich's trotzdem.«

Nachdem sie mir das von ihrem Vater erzählt hatte, war Nelly plötzlich freundlicher und bot mir noch ein Brot an. Wenig später hatte ich drei Gläser Wasser getrunken, vier Nutellabrote gegessen, war gerade dabei, mit dem Stuhl zu verschmelzen, und hatte schon beinahe vergessen, dass ich bei jemand völlig fremdem in der Küche saß, als Nelly mich fragte: »Kann es vielleicht sein, dass du von zu Hause abgehauen bist?«

Sofort war ich hellwach: »Wieso?«

Nellys Piercing begann zu kreisen: »Du suchst jemanden, du kommst nicht aus Berlin, du schleppst eine Reisetasche mit dir herum … Willst du noch mehr?«

Ich versuchte, Zeit zu gewinnen. Wofür, das wusste ich auch nicht. »Wie kommst du darauf, dass ich nicht aus Berlin bin?«, fragte ich.

»Du bist so sehr aus Berlin wie ein Pudel auf einem Treffen für Straßenköter. Also?«

»Was also?«

»Bist du abgehauen?«

»Ich? Nein, natürlich nicht.«

»Na*tür*lich nicht«, bestätigte Nelly.

»Ich wohne in Zehlendorf«, behauptete ich. »In der Cimbernstraße. Mein Vater ist Professor.«

»Aber klar doch.«

»Ja, ehrlich!«, beharrte ich. »Und ich such auch niemand Bestimmtes, ich hab nur gefragt, weil …«

»Weil?«

»Ist wirklich nicht so wichtig.«

»Verstehe.«

»Ähm, ja. Und jetzt sollte ich, glaube ich, los. Weißt du vielleicht, wie spät es ist?«

Nelly schaute an mir vorbei zur Wanduhr: »Zehn nach zehn.«

»Wow!«, sagte ich. »Tatsächlich?«

»Tatsächlich.«

»Dann muss ich jetzt aber wirklich los.«

»Aber sicher.«

»Also dann ...« Ich stand auf, bedankte mich und stolperte zur Tür. »Ich geh dann mal ...«

»Reisende soll man nicht aufhalten«, sagte Nelly.

Ich öffnete die Tür.

»Frieda?«, sagte Nelly.

»Ja?«

Sie deutete neben die Wohnungstür: »Vergiss dein hübsches Täschchen nicht.«

Die Tasche auf der Schulter, lief ich die Treppe runter. Ich war noch nicht wieder auf der Straße, da erfüllte Nellys Musik das Treppenhaus und rief mir nach: *Jetzt mach aber, dass du rauskommst!*

Ich kam nicht weit. Ich konnte einfach nicht mehr. Blindlings lief ich die Straße entlang, über eine Querstraße, auf der ich fast von einem Taxi überfahren worden wäre, und dann geradewegs in einen Park hinein. Von außen sah man es nicht, aber er schien sehr groß zu sein. Aus allen Richtungen kamen Stimmen, manche ganz nah, andere nur noch als ferne Geräusche vernehmbar. Ein Akkordeon klang einsam durch die Nacht. Nur ein Weg war schwach beleuchtet, der in einem ausgreifenden Halbkreis auf die andere Seite hinüberführte. Entfernt ragten Häuser auf, einzelne Fenster waren erleuchtet. Dort musste der Park zu Ende sein.

Rechts von mir, nur durch einige Büsche getrennt,

unterhielten sich lautstark ein paar Betrunkene. Einer hatte die krächzende Stimme eines Raben und rief immer wieder dieselben zwei Sätze: »Rotes Licht ist nicht böse!« und »Immer an Machiavelli denken!« Ein anderer rief dazwischen: »Achte auf deine Gedanken, sie sind der Beginn deiner Taten!« Ich erschrak, weil mich etwas am Bein berührte. Als ich an mir heruntersah, stand plötzlich ein Hund neben mir, der mir bis zur Hüfte reichte. Er schien jedoch nichts Interessantes an mir zu finden. »Hast recht«, flüsterte ich, »ich bin ein Pudel auf einem Treffen für Straßenköter.«

Die Betrunkenen machten mir mehr Angst als der Hund, also folgte ich dem beleuchteten Weg bis zu einer Stelle, an der ein kleiner Weg abzweigte, der in eine Art Krater führte. Unten brannte ein Feuer, in dessen Widerschein menschliche Schemen Gestalt annahmen. Manche standen herum, andere saßen oder lagen.

Ich überlegte, was ich tun sollte. Am Nachmittag noch hatte ich mich danach gesehnt, irgendwo dazuzugehören. Jetzt aber schreckte mich die Szenerie ab. Ich wollte mit niemandem mehr reden, keine Fragen mehr hören, mich nicht mehr erklären müssen. Ich fragte mich, wie ich wohl von dort unten, aus dem Krater betrachtet, aussah: eine lange, zerbrechliche Gestalt, die verloren im Scheinwerferkegel stand, eine zu große Tasche über der Schulter. Ich wollte nicht, dass mich überhaupt jemand sah. Am liebsten hätte ich mich unsichtbar gemacht. Und deshalb trat ich aus dem Licht, tauchte ab in die Dunkelheit des Parks und suchte einen Platz, an dem ich unsichtbar werden würde.

Auf einer Kuppe am Rande einer Wiese entdeckte ich eine Bank, die sich unter einem Baum mit tief hängenden Zweigen versteckte. Alles, was an Geräuschen aus dem Park noch hierherdrang, schien von sehr weit weg zu kommen. Ich stellte meine Tasche ab und setzte mich. Der perfekte Platz, dachte ich. Ich betrachtete die Lichter der Häuser, den Mond, der als kalte Sichel über dem Krater schwebte, den Widerschein eines Platzes, der hinter der Kuppe liegen musste. Ich hörte auf die Geräusche der Nacht, das Rauschen des Verkehrs in der Ferne, ein Martinshorn, das Akkordeon und die vielen Stimmen, die sich zu einem Nebel verwoben. Ich schloss die Augen und dachte an Mama, die jetzt irgendwo in Paris saß, mit den Nerven total am Ende war und Nachtschichten einlegte – für den großen Auftritt. Und dann dachte ich an meinen Vater und an die vielen Menschen, denen ich heute begegnet war und die es alle nicht gewesen waren.

Eine Stimme riss mich aus den Gedanken: »Ey, das is meine Bank!«

Ich schreckte zusammen. Vor mir stand ein Mann, von dem ich nur den Umriss erkannte. Eine Hand steckte in der Hosentasche, die andere hielt etwas Glänzendes, das ungefähr so groß war wie ein Beautycase. Er scharrte mit einem Fuß im Boden wie ein Pferd. Mein erster Reflex war, aufzustehen und weiterzugehen. Aber ich konnte nicht mehr. Ich konnte wirklich nicht mehr.

Ich war so erschöpft, dass ich erst merkte, wie viel Angst ich hatte, als ich versuchte, etwas zu sagen. Ich wollte ihm alles erklären, ihn bitten, mir nichts zu tun, ihm sagen, wie ich auf die Bank gekommen war und ob er mich nicht ausnahmsweise für diese eine Nacht hier liegen lassen könnte … Aber es kam nichts heraus. Als hätte ich einen Luftballon verschluckt, der jetzt in meinem Hals steckte. Mein Herz trommelte gegen die Schädeldecke.

Am Ende krächzte ich nur: »Ich kann nicht mehr.«

»Das ist meine Bank, hab ich gesagt. Hab dafür gezahlt, also isses meine.«

»Die Bank kostet Geld?«, fragte ich.

»Alles kostet Geld«, murmelte er, »alles. Umsonst ist nix.«

Ich überlegte kurz, dann sagte ich: »Wie viel?«

»Was soll'n das jetzt?«

»Ich kaufe Ihnen die Bank ab«, schlug ich vor, »für eine Nacht. Wie viel?«

Er musste ganz schön lange nachdenken. Bestimmt witterte er das Geschäft seines Lebens. »Zehner«, grummelte er schließlich.

Ich kramte zwei Fünfeuroscheine aus meiner Hosentasche und reichte sie ihm.

Er hielt sie gegen den Mond, als müsse er die Echtheit prüfen. »Kannst wiederkommen«, sagte er. Dann fummelte er an dem glänzenden Ding in seiner Hand und ich erkannte, dass es ein Sixpack war. Schließlich reichte er mir eine Bierdose: »Im Preis mit drinne«, nuschelte er und verschwand hinter der Kuppe.

Ich zog meine Sweatjacke an, öffnete die Bierdose, roch daran und nahm einen Schluck. Das erste Bier meines Lebens. Ich verstand nicht, weshalb die Jungs in der Schule so ein großes Ding daraus machten. »Der Leon hat schon Bier getrunken!« Als wäre das wer weiß was für eine Leistung. Dabei war da nun wahrlich nichts Besonderes dran. Es schmeckte metallisch, bitter und irgendwie alt. Sonst gar nichts. Nach dem dritten Schluck stellte ich die Dose auf den Boden, schob meine Tasche ans Ende der Bank, legte meinen Kopf darauf und zog die Beine an den Bauch. Er ist hier, dachte ich noch. Irgendwo in dieser Stadt steckt mein Vater. Und ich werde ihn finden. Dann schlief ich ein.

ZWEITER TAG

1

Ich träumte alles Mögliche. Das meiste habe ich inzwischen vergessen, aber an einen Traum erinnere ich mich noch genau. Ich wurde verfolgt und rannte um mein Leben. Ich weiß nicht mehr, von was oder warum, denn aus irgendeinem Grund durfte ich mich nicht umdrehen. Aber was es auch war, es war direkt hinter mir, das spürte ich, und so lief ich um mein Leben, rannte und rannte – bis ich plötzlich hinfiel. Das hätte eigentlich mein Ende bedeuten müssen. Doch ich landete nirgendwo, sondern fiel einfach, immer weiter, tiefer und tiefer – so, wie ich vorher gerannt war. Ob ich im Fallen immer noch verfolgt wurde, weiß ich nicht, nur, dass ich immer tiefer fiel. Es gab keinen Abgrund, um mich herum war nur ein unfassbares, grauschwarzes Nichts. Vielleicht werde ich jetzt für alle Zeiten so fallen, dachte ich im Traum, vielleicht ist so »tot sein«. Dass man fällt und es nie wieder aufhört.

Auf einmal tauchte Mamas Gesicht aus dem grauen Nichts auf. Sie schien zu lächeln und flüsterte: »Lassen wir sie schlafen.« Dann war sie wieder weg. Ich stürzte weiter in die Tiefe, endlos. Irgendwann

103

war Mamas Gesicht wieder da, direkt vor mir. »Könnte mir einen schöneren Ort vorstellen für so ein junges Mädchen«, sagte sie.

»Mama«, rief ich, »nimm mich mit!« Doch sie war bereits verschwunden. Ich blickte mich um, panisch, aus Angst, dass ich sie für immer verloren hätte. Aber dann tauchte sie doch wieder auf. »Eine Sache frag ich mich ja«, überlegte sie laut und schaute dabei durch mich durch, als sehe sie mich gar nicht. »Wenn du nicht von zu Hause abgehauen bist, weshalb schläfst du dann auf 'ner Parkbank?«

Mir fiel auf, dass es gar nicht Mamas Stimme war, mit der sie sprach, sondern die von jemand anderem, von jemand direkt neben mir – und zwar nicht im Traum, sondern in der Realität –, und dann spürte ich die harten Bretter, die mir in die Seite drückten, die Sonne auf meiner Haut und dass es nach frischen Semmeln roch.

Eine Punkerin stand vor mir, mit Rollerblades und grünen Haaren, einem Rucksack auf dem Rücken und einem Pin an ihrem T-Shirt, auf dem BUCK FUSH stand. Ich schreckte hoch und starrte sie an. Und dann fiel mir alles wieder ein: Berlin, mein Vater, die Parkbank. Und das Mädchen vor mir war Nelly.

»Hast du gerade was gesagt?«, fragte ich.

Nelly ließ ihren Blick über das Gelände schweifen: »Ich hab mich gefragt, warum jemand auf 'ner Bank schläft, wenn er doch genauso gut nach Hause gehen kann. So wie du …«

»Ich …«, stammelte ich. »Bist du mir etwa gefolgt?«

Nelly sah mich an, als hätte ich nicht alle Tassen im Schrank. »Klar, ich hab die ganze Nacht da drüben im Gebüsch gehockt.«

»Ehrlich?«

»Logisch. Und morgen ist Silvester.«

Langsam kam ich zu mir. »Weißt du, wie spät es ist?«, fragte ich.

Nelly blinzelte in den Himmel, als würde sie die Uhrzeit am Stand der Sonne ablesen. »Viertel vor acht ungefähr.«

Oh Mann. Der bedrohlichste Ort, an dem ich je gewesen war, und ich hatte geschlafen wie ein Baby. Obwohl: Jetzt, bei Tageslicht, wirkte er eher einladend als bedrohlich.

»Und was machst du hier so früh?«, fragte ich.

»Die Frage sollte wohl eher lauten: Was machst *du* hier so früh? Ich dachte, du wohnst irgendwo in Zehlendorf, bei Herrn Professor.«

»Ich … Ich hab mich letzte Nacht verlaufen«, sagte ich und kam mir total blöd dabei vor. Ich selbst hätte mir auch kein Wort geglaubt.

Nelly begann, auf ihren Blades Achten zu fahren, rückwärts. Es sah sehr elegant aus, als hätte sie unsichtbare Schienen unter den Rollen. »Mal unter uns«, sagte sie, während sie ihre Runden drehte. »Du redest 'ne ganze Menge Blech zusammen.« Wie ferngesteuert blieb sie stehen und fing an, ihre Achten in die andere Richtung zu fahren. Was genauso elegant aussah. »Und eigentlich muss ich dir das gar nicht erzählen, denn das weißt du ja selbst am besten. Deshalb schlage ich vor, wir wechseln das Thema.« Ohne richtig gebremst zu haben, kam sie vor mir zum Stehen. »Hast du Hunger?«

Und ob ich den hatte. »Also, wenn ich ehrlich sein soll …«

»Wenn du ehrlich sein sollst, stirbst du gerade vor Hunger.«

Ich machte eine Geste, die einer Kapitulation gleichkam.

»Na dann los.«

»Wieso, wo willst du d…«

Doch sie rollte bereits den Hügel runter. »Hopp, hopp«, rief sie, »ich hab's eilig.«

Auf dem Weg erklärte sie mir alles. Ich musste neben ihr hertraben, um auf gleicher Höhe zu bleiben: Kai, ihr Vater, hatte ein kleines Café auf der anderen Seite des Parks. Das einzige in der Gegend, das jeden Morgen schon um acht Uhr öffnete, sogar sonntags. »Er steht drauf, wenn die Leute in seinem Café den Tag anfangen«, sagte Nelly. »Gibt ihm ein gutes Gefühl.« Jedenfalls gab es in Kais Café die leckersten Crois-

sants in ganz Berlin, frisch aus dem Ofen. Und nicht
diese Fertigdinger zum Aufbacken, sondern alles selbst
gemacht, sogar der Teig – bei ihnen zu Hause, genau
wie die Kuchen.

Samstags und sonntags, wenn Nelly schulfrei hatte,
backte *sie* die Croissants. Dann stand sie um halb
sieben auf, ließ Kai noch eine Stunde schlafen, warf
den Ofen an, wickelte die Croissants und hatte genau
15 Minuten, um sich zu duschen, sich anzuziehen
und Kai zu wecken. Sonst waren die Croissants verbrannt und Kai kam zu spät. Kurz vor acht brachte
Nelly dann alles ins Café.

Sie drehte mir den Rucksack zu: »Riecht gut,
oder?«

Ich hatte den Geruch schon die ganze Zeit in der
Nase. »Und wie!«, bestätigte ich.

Wir gingen auf dem gebogenen Weg den Krater-
rand entlang und steuerten auf den Ausgang zu. Das
Feuer war erloschen. Ein paar schlafende Gestalten –
die Überreste der letzten Nacht – lagen noch auf der
Wiese. Von oben sahen sie wie Raupen aus. Neben
dem Ausgang standen unterschiedliche Container aufgereiht: Glas, Papier, grüner Punkt, Restmüll. Der für
Papier war so groß wie ein Smart, blau, mit einem ge-
wölbten Deckel, den man zurückschieben konnte.

»Sekunde«, sagte Nelly, nahm den Rucksack ab,
holte ein Croissant heraus und klopfte gegen den Container. »Jemand zu Hause?«, rief sie.

Ich musste sie ansehen wie einen Alien, denn sie rollte mit den Augen und streckte mir die Zunge heraus.

»Zaubermädchen?«, tönte es dumpf aus dem Container.

»Yo. Mach mal den Mund auf.«

Der Deckel wurde zurückgeschoben, eine Hand erschien, nahm das Croissant und verschwand. Der Deckel schloss sich wieder und der Container sagte: »Gott segne dich!«

»Was war das denn?«, fragte ich, nachdem ich meine Sprache wiedergefunden hatte. Wir hatten inzwischen den Park verlassen und gingen jetzt an der Außenmauer entlang, das heißt: Nelly fuhr und ich trabte weiter nebenher.

»Das war der Lange.«

»Der Lange?«

»Heißt so.«

»Wohnt der etwa da – im Papiercontainer!?«

»Die meiste Zeit schon.«

Für Nelly war es offenbar das Normalste von der Welt, in einem Container zu wohnen. »Und du bringst ihm jeden Mogen ein Croissant?«, fragte ich ungläubig.

»Nur samstags und sonntags.«

»Aber …« Ich suchte nach einem Wort, das meine Verwunderung auf den Punkt brachte. »Warum?«

Nelly sah mich an. Ich hechelte neben ihr her, die

Tasche auf der Schulter. »Glaubst du, es schmeckt ihm nicht?«, fragte sie.

»Doch, logisch, aber – ich meine …«

Sie stellte die Füße so, dass sie in entgegengesetzte Richtungen zeigten, umkreiste mich und kam vor mir zum Stehen. »*Ich* kenne jemanden, der letzte Nacht auf einer Parkbank gewohnt hat.«

Darauf wusste ich nichts zu erwidern.

Nelly setzte ihren Weg fort: »Der Lange ist in Ordnung«, erklärte sie. »Jedenfalls säuft er nicht, wie die meisten. Ich hab ihm gesagt, wenn er anfängt zu saufen, gibt's keine Croissants mehr.« Sie lächelte und mir fiel auf, dass ihr Gesicht, wenn man sich das ganze Punkeroutfit wegdachte, eigentlich sehr hübsch war. »Bis jetzt funktioniert's«, sagte sie noch. »Hat aus seinem Container noch nie nach Alkohol gerochen. Wir sind übrigens da.«

2

Als Nelly gesagt hatte, es gebe ihrem Vater ein gutes Gefühl, wenn die Menschen in seinem Café den Tag begannen, hatte ich nicht gewusst, was sie meinte. Aber jetzt, als wir davorstanden, verstand ich es plötzlich: Das, was ihrem Vater ein gutes Gefühl gab, war, dass er seinen Gästen ein gutes Gefühl gab. Vielleicht hatte es mit der Nacht auf der Bank zu tun, aber ich konnte mich nicht erinnern, jemals einen einladenderen Ort als dieses Café gesehen zu haben. Dabei standen bis jetzt nur ein paar einsame Tische auf dem Bürgersteig, und an der Straßenecke, zur Sonne hin, eine Reihe bunter Liegestühle. Anstelle von Sonnenschirmen waren zwischen dem Haus und den Bäumen Stoffsegel gespannt.

Auf den ersten Blick schien die Einrichtung bunt zusammengewürfelt zu sein, aber irgendwie merkte man, dass jedes einzelne Stück sorgsam ausgesucht worden war. »Geschmack«, sagt Mama, »besteht zu fünfzig Prozent aus Kultur und zu fünfzig Prozent aus Bildung.« Das hier hatte zwar mit dem, was Mama unter Bildung und Kultur verstand, wenig zu tun, aber geschmackvoll war es trotzdem. Nur eben anders.

Es gab kein Schild, das einem den Namen des Cafés verraten hätte, dafür einen verwaschenen Schriftzug über dem Eckeingang, ähnlich dem, den ich gestern über der Kellertür gesehen hatte.

HAUSHALTSWAREN

Ein Mann kam aus der Tür, in jeder Hand zwei Klappstühle. Als er uns sah, breitete sich dasselbe Lächeln auf seinem Gesicht aus, wie ich es vor einer Minute bei Nelly gesehen hatte.

»Morgen, mein Engel«, rief er.

Mir gefiel das: ein Punk als Engel.

Nelly rollte zu ihm, schlang ihre Arme um seinen Hals – auf ihren Blades war sie fast so groß wie er – und drückte ihm mit ihren alarmroten Lippen einen Kuss auf die Wange, der einen dicken Abdruck hinterließ. Kai konnte ihre Umarmung nicht erwidern, weil er die Stühle hielt, aber als Nelly ihn auf die Wange küsste, schloss er kurz die Augen und ich sah, wie glücklich er in diesem Moment war. Ich spürte ein Stechen in der Brust – als bohre mir jemand einen angespitzten Bleistift durch die Rippen, direkt ins Herz, und mein erster Reflex war, dass ich weglaufen wollte. Doch ich stand da wie einzementiert. Alles, was ich tun konnte, war, meinen Blick abzuwenden und die Straße hinunterzugucken, wo das Pflaster in der Morgensonne glänzte wie frisch po-

liert, sodass ich meine Augen zusammenkneifen
musste.

»Morgen, Schlafmütze«, begrüßte Nelly ihren Vater und löste die Umarmung. »Hab jemanden mitgebracht. Das ist Frieda« – sie zwinkerte mir zu –, »sagt
sie jedenfalls.«

Kai nickte freundlich: »Morgen, Frieda.«

»Hallo«, antwortete ich und machte eine ungelen-
ke Bewegung, die irgendwo zwischen »Winken« und
»Handgeben« stecken blieb.

»Ich bring die Sachen rein«, sagte Nelly, übersprang die zwei Steinstufen zum Eingang und rollte
ins Café.

Mit einer kurzen Handgelenksdrehung ließ Kai die
Stühle aufklappen. Ich stand auf dem Bürgersteig wie
bestellt und nicht abgeholt.

»Kann ich irgendwas helfen?«, fragte ich.

Kai wischte mit einem Küchentuch die Sitzflächen
ab. »Wenn du Lust hast, kannst du mir helfen, das
Sofa rauszutragen.« Er lächelte kurz: »Ist nicht so
schwer, wie es aussieht.«

Zusammen mit Nelly trugen wir ein Dreisitzer-Le-
dersofa aus dem Café und stellten es, den Rücken zur
Straße, unter eins der Sonnensegel. Außerdem zwei
passende Clubsessel und einen Tisch, der in die Mitte
kam. Im Café selbst war es genauso gemütlich wie
davor. Hier ein Tisch, da zwei Sessel, in einer Nische
eine Madonnenstatue mit schwarzer Schiebermütze

112

und rot geschminkten Lippen. Es roch nach einer Mischung aus Sommer, Croissant und Schokolade. Ein Geruch, in den ich mich am liebsten reingelegt hätte.

Hinter der langen Holztheke bereitete sich eine Bedienung auf die ersten Frühstücksgäste vor. Ich schätzte sie auf vielleicht 25 und sie sah aus, wie ich mir eine Elfe vorstellte: langes, feines Silberhaar, grazile Arme und eine durchscheinende Haut. Und sie bewegte sich auch so, wie ich es von einer Elfe erwartet hätte – irgendwie schwerelos. Ich bemerkte gar nicht, wie ich sie anstarrte, bis sie ihre blauen Augen auf mich richtete und lächelte, als wollte sie sagen: »Ich weiß schon, ich seh aus wie eine Elfe, stimmt's?«

In Wirklichkeit aber sagte sie: »Die könnten noch auf die Tische verteilt werden.« Sie deutete auf eine Reihe schlanker, grüner Glasvasen, in denen jeweils eine weiße Rose steckte, die sie direkt aus ihrem Paradiesgarten mitgebracht zu haben schien.

Ich suchte gerade den Tisch für die letzte Vase, als Nelly mit einem Tablett an mir vorbeifuhr und »Frühstück!« rief.

Der eigentliche Eingang war von der Straßenecke aus, aber die einstigen Schaufenster reichten inzwischen alle bis zum Boden und waren jetzt Glastüren, die man zur Seite schieben konnte. Das Licht fiel in schrägen Streifen ins Café. So gab es zwischen drinnen und draußen gar keinen richtigen Unterschied

113

und man konnte ebenso gut durch die Fenster rein-
und rausgehen. Nelly rollte über die alten Holzdielen,
was einen ziemlichen Krach machte, fuhr aus dem
Schatten ins Licht, über die Schwelle auf den Bürgersteig und drehte sich zu mir um: »Sofa ist noch frei!«,
rief sie.

Das Frühstück war wie eine große Belohnung, die
ich gar nicht verdient hatte. Als hätte ich vorher noch
nie Käse oder Marmelade gegessen. Von den Croissants gar nicht zu reden. Wann immer ein Luftzug
die Straße herunterkam, verschwammen die Schatten
der Blätter auf dem Tisch ineinander und die Stoffsegel über unseren Köpfen flappten wie auf einem
Boot.

»Danke«, sagte ich.

»Aber immer doch«, gab Nelly zur Antwort.

Wir aßen noch, da waren die meisten Tische bereits
besetzt. Das Publikum war genauso gemischt wie die
Einrichtung: ein einzelner Mann in Anzug vor einem
aufgeklappten Laptop; ein übermüdetes Pärchen mit
einem Baby, das auf keinen Fall schlafen wollte, obwohl sie es abwechselnd im Kinderwagen um den
Block schoben; eine Frau mit grauen Haaren und
Turnschuhen, die einen Stadtplan und zwei Reisefüh-
rer vor sich ausgebreitet hatte; vorne, in den Liege-
stühlen, jede mit einer riesigen Sonnenbrille, drei
junge Frauen, die die Nacht durchgemacht haben
mussten. Eine von denen könnte ich sein, dachte ich,

in fünf oder sechs Jahren, mit zwei Freundinnen, Party machen, in Berlin. Bei meinem Vater.

Angela, die Elfe, bediente, Kai stand entweder hinter der Theke, schäumte Milch auf und presste Orangen aus oder er verschwand in der Küche. Angela und er waren ein so eingespieltes Team, dass ich beim Zuschauen das Gefühl hatte, alles passiere von selbst. Irgendwie schien die Zeit dabei stehen zu bleiben. Eigentlich müsste das Café sein Zuhause sein, dachte ich. Und so war es irgendwie auch.

Kai hatte ein markantes Gesicht mit tiefen Furchen, die sich von den Nasenflügeln an den Lippen vorbei bis zu seinem Kinn zogen. Aber seine Haut war glatt und seine Haare fingen gerade erst an, grau zu werden. Sein Mund hatte etwas Melancholisches, als würde er die ganze Zeit an etwas Zurückliegendes denken. Außer wenn er lächelte. Dann wurde einem ganz warm. Wie bei Nelly. Sein Lächeln ist das, was er von sich hergibt, dachte ich. Der Rest liegt im Dunkeln.

»Hast du'n Problem mit meinem Vater?«, fragte Nelly.

Ich sah sie an und ich glaube, ich wurde rot. »Nö, wieso?«, fragte ich.

»Weil du ihn anstarrst wie den Messias.«

Ich nahm mir schnell ein Brötchen und tat wahnsinnig beschäftigt. »Was ist eigentlich mit deiner Mutter?«, fragte ich dann.

»Meine Mutter?« Zum ersten Mal zögerte Nelly.

Irgendwie erleichterte es mich, dass auch sie verunsichert sein konnte. Aber es dauerte nur ein paar Sekunden. Dann hatte sie wieder festen Boden unter den Füßen.

»Ist gestorben«, sagte sie. »Bei meiner Geburt.« Als sie merkte, wie unangenehm mir das war, ergänzte sie: »Keine Sorge, ist kein Wespennest.« Und sie erzählte, was passiert war.

Sandra, so hatte Nellys Mutter geheißen, war in das Ferienhaus ihrer Tante auf Hiddensee gefahren, eine kleine Insel vor Rügen, auf der es nichts gab außer einem endlosen Strand und viel Wind. Kai musste arbeiten und konnte nicht mit. Aber das machte nichts. Es sollte nur übers Wochenende sein und bis zum Geburtstermin war es noch lange hin. Doch dann setzten die Wehen ein, fünf Wochen zu früh.

Etwas stimmte nicht, Nelly lag falsch. Sandra bekam Blutungen. Der Inseldoktor, der irgendwann kam, war überfordert, und bis der Hubschrauber eintraf, war Sandra in einem kritischen Zustand. Im Hubschrauber, auf dem Weg nach Stralsund, verlor sie das Bewusstsein. Nelly überlebte, Sandra nicht. So einfach. Alles, was Nelly von ihrer Mutter kannte, war ein Foto von Kai und ihr, das er selbst aufgenommen hatte, die Kamera in der ausgestreckten Hand. Sandra und er versuchten darauf, sich zu küssen und gleichzeitig ins Objektiv zu gucken, beide total verliebt. Sandra war da bereits mit Nelly schwanger, hatte Kai aber noch nichts davon gesagt.

Nelly lehnte sich in ihrem Sessel zurück, ließ ein Bein über die Lehne hängen und wischte mit einem Finger über die vordere Rolle an ihrem Schuh, die daraufhin leise surrte. »So, Schätzchen, und jetzt zu dir.« Sie sah mich an. »Willste mir nicht langsam mal erzählen, was passiert ist – und zwar die Wahrheit, die reine Wahrheit und nichts als die Wahrheit?«

Kai stand hinter der Theke und lächelte, als wolle er mir Mut machen. Ich hatte Angst, er könnte hören, was wir miteinander redeten, aber er war zu weit weg.

»Hat dich was gestochen?«, fragte Nelly.

»Wieso, hab ich irgendwo 'ne Beule?«

»Nee, aber du kratzt dich am Arm wie blöd.«

Es stimmte. Ich kratzte die ganze Zeit an meinem Unterarm herum, ohne es selbst zu bemerken. Die Wahrheit, dachte ich, die reine Wahrheit und nichts als die Wahrheit ... Aber wo anfangen?

»Vorgestern war mein Geburtstag«, sagte ich schließlich.

»Ach so«, sagte Nelly, als erkläre sich der Rest von selbst. »Also da penn ich auch immer auf 'ner Parkbank.«

»Nein, ich meine ...« Ich versuchte, meine Gedanken zu ordnen und einen Anfang zu finden. Die Wahrheit, die reine Wahrheit ... »Ich bin nicht aus Berlin.«

Nelly ließ wieder ihre Rolle surren. »So weit war ich auch schon.«

»Und ich wohne auch nicht in Zehlendorf.«

»Da Zehlendorf zu Berlin gehört, erklärt sich das irgendwie von selbst.«

»Genau.« So, der Anfang war gemacht. Jetzt musste nur noch die Wahrheit ans Licht. »Du hattest recht«, sagte ich. »Ich bin abgehauen. Das heißt: Eigentlich stimmt das gar nicht. Ich meine, ich bin gar nicht vor etwas *weg*gelaufen, sondern zu etwas *hin*.«

»Auf den Unterschied bin ich ja mal gespannt.«

Ich fing wieder an, meinen Arm zu kratzen. Es ging einfach nicht anders. »Ich suche meinen Vater.«

Nelly legte einen Finger auf die surrende Rolle, die sofort verstummte. »Wie war das gerade?«, fragte sie.

»Ich kenne meinen Vater nicht, hab ihn nie gesehen. Nicht mal auf einem Foto. Aber er lebt. Glaube ich wenigstens.«

»Wow!« Nelly nahm ihr Bein von der Lehne und beugte sich vor. »Und jetzt lass mich raten: Er heißt Carlos.«

Ich machte wieder dieses Okay-du-hast-mich-Gesicht. Und dann war *ich* so weit, Nelly *meine* Geschichte zu erzählen: Mama und der Abend, an dem sie schwanger geworden war, mein Geburtstag, James Bond, Tante Katharina, wie ich nach Berlin gekommen war, die Namenslisten und wo ich überall schon gewesen war.

118

»Und alles, was du hast, ist dieser Name?«, fragte Nelly, nachdem ich fertig war.

»Na ja, und dass er groß ist und schwarze Augen hat … Und Gitarre spielt.«

Nelly tippte mit dem Finger gegen die Spitze ihres Piercings. Ich hörte, wie der Verschluss dabei gegen ihre Zähne stieß. »Krasse Story«, kommentierte sie. »Würde man dir gar nicht zutrauen, wenn man dich so sieht.«

»Wenn du meinst«, entgegnete ich. »Dir würde man übrigens auch nicht zutrauen, dass du *keine* Drogen nimmst – wenn man *dich* so sieht.«

Nelly sagte noch etwas, aber ich hörte es nicht mehr, denn in diesem Moment kam ein Junge vorne um die Ecke, das heißt: Er war nicht irgendein Junge, sondern eine Erscheinung oder so was. Er schlurfte lässig, seine Tasche über der Schulter, und er hatte das süßeste und gleichzeitig trotzigste Gesicht, das ich je gesehen hatte. Offenbar suchte er nach jemandem. Als sich unsere Blicke trafen, verwandelten sich meine Knie in Grießbrei. Er blieb stehen, lächelte und legte den Kopf schief, als überlege er, woher wir uns kannten, und dann kam er direkt auf mich zu und ich spürte, wie mir der Schweiß auf die Stirn trat. Ich wollte aufstehen – keine Ahnung, warum –, aber meine Knie waren, wie bereits erwähnt, aus Grießbrei, also wackelte ich nur auf dem Sofa hin und her wie eine Boje und dann stand er direkt vor mir und sagte: »Hey, Nelly!«

»Yo, Jo!«

Er beugte sich zu ihr herab und sie begrüßten sich in einer Mischung aus Umarmung und Getto-Ritual.

Nelly schob ihr Kinn in meine Richtung. »Das da ist Frieda«, sagte sie. »Ist mir zugelaufen.«

Ich lächelte wie eine Wachspuppe. Frau Trenner, unsere Biolehrerin, hat uns mal erklärt, dass der Mensch zu 90 Prozent aus Wasser besteht. Ich kann mir ja nicht vorstellen, wie das funktionieren soll, aber egal. Jedenfalls: Ich weiß nicht, woraus die restlichen zehn Prozent sind, aber als dieser Jo vor mir stand, hätte ich am liebsten auch meine letzten zehn Prozent in Wasser verwandelt, wäre unter dem Sofa durch in den Rinnstein gelaufen und ein Stück weiter im Gulli verschwunden.

»Hi, ich bin Jonas«, sagte Jonas.

Er lächelte mich an und dann hörte ich mich den peinlichsten Satz meines Lebens sagen: »Da bist du ja!« Als hätte ich immer schon auf ihn gewartet.

Er schaute irritiert zu Nelly rüber, aber die winkte ab und sagte nur: »Frag mich nicht. Ich hab doch gesagt, sie ist mir zugelaufen.«

Jonas zuckte mit den Schultern, ließ die Tasche auf den Boden fallen und setzte sich in den freien Sessel. So saß ich auf dem Sofa, links von mir Nelly, rechts Jonas. Angela kam und fragte, ob wir noch etwas trinken wollten. Nelly und Jonas bestellten Bionade.

Davon hatte ich noch nie gehört, nahm aber auch eine. Dann saßen wir da, schlürften unsere Bionaden (meine war mit Kräutergeschmack und schmeckte wie die Brause, die Oma früher trank) und ich versuchte, nicht so zu tun, als würde ich die ganze Zeit zu Jonas rüberschielen.

»Was geht?«, fragte Nelly.

»Letzter Ferientag«, antwortete Jonas und legte den Kopf in den Nacken. »Ab an den See, würd ich sagen.«

»Letzter Ferientag?«, fragte ich verwundert.

»Das heißt, dass morgen die Schule wieder anfängt«, erklärte Nelly.

»Aber die Ferien haben doch gerade erst …«

»Berlin ist eben nicht München«, sagte Nelly.

»Du bist aus München?«, fragte Jonas und ich fand, es klang so, als hoffte er, ich sei aus Berlin.

»Sieht man doch aus drei Kilometer Entfernung«, sagte Nelly.

»Ich denke, du kannst es nicht leiden, wenn man andere in eine Schublade steckt«, sagte ich.

Sie lächelte mich an: »Nicht schlecht, Frieda. Eins zu eins für den Pudel.«

Sie telefonierten ein bisschen herum und verabredeten sich mit ein paar Freunden am Heiligensee. Ich wusste nicht, wie weit der weg war oder wie man dahin kam, aber das war auch nicht wichtig. Es gab keinen Grund anzunehmen, dass Nelly und Jonas mich überhaupt dabeihaben wollten. Es war, wie Nelly gesagt hatte: Ich war ein Pudel auf einem Straßenkötertreffen und ich war ihr zugelaufen. Alles andere war Wunschdenken. Außerdem hatte ich noch zwei K. Simons auf meiner Liste, und wenn keiner von denen mein Vater war, musste ich mir überlegen, wie es weitergehen sollte. Würde ich dann meine Mission für gescheitert erklären, kleinlaut nach München zurückfahren und das Kapitel »Vater« ein für alle Mal abhaken? Oder sollte ich versuchen, weitere Informationen zu finden? Außerdem musste mir noch ein verdammt guter Grund einfallen, der Tante Katharina ein weiteres Mal davon abhalten würde, vorbeizukommen und nach dem Rechten zu sehen. Sonst hätte ich spätestens heute Nachmittag eine Menge Ärger am Hals.

Jonas wollte sein Fahrrad holen und sich mit Nelly an der U-Bahn treffen. Ich überlegte unterdessen, woher ich die Energie nehmen sollte, heute noch die letzten zwei Simons aufzusuchen, und, was noch viel schlimmer war, wie es danach weitergehen sollte. Wenn ich ehrlich war, glaubte ich nicht mehr daran, dass sich einer von denen noch als mein Vater herausstellen würde. Und ich brauchte eine Dusche! Der eingetrocknete Schweiß bildete inzwischen Schichten auf meiner Haut. Bald würde ich mich häuten wie eine Schlange. Ich wollte aufstehen und gehen, Nelly und Jonas von meiner Anwesenheit befreien. Doch bei dem Gedanken an den bevorstehenden Tag fühlte ich mich, als müsste ich mit bloßen Händen einen Campingwagen über die Alpen ziehen. Ich schaffte es nicht einmal, vom Sofa aufzustehen.

»Kommst du nicht mit?« Jonas war aufgestanden. Seine Augen waren hinter einer schwarzen Sonnenbrille verborgen. Die trotzige Falte zwischen den Brauen machte klar, dass seine Frage ein »Nein« als Antwort nicht akzeptieren würde.

Hilfe suchend blickte ich zu Nelly, die wieder ihre Rolle surren ließ. »Klar kommt sie mit«, sagte sie.

»Also dann …« Jonas schwang sich die Tasche auf die Schulter. »Treffpunkt an der U-Bahn, in einer Viertelstunde.«

»Aber das geht nicht«, sagte ich. »Ich muss …« Weiter kam ich nicht.

Jonas schob die Brille zurück, als könne er mich sonst nicht sehen. »Müssen«, sagte er, »ist von Montag bis Freitag und heißt Schule.« Und bevor ich etwas erwidern konnte, war er um die Ecke.

»Was issn mit dir los?«, fragte Nelly, nachdem er außer Hörweite war. »Erst glotzt du die ganze Zeit den schärfsten Typen der ganzen Schule an, dann fragt er dich, ob du mit an den See kommst, und dann stotterst du dir irgendeine Ausrede zusammen …«

»Jonas ist der begehrteste Junge der Schule?«

Nelly lächelte: »Unter anderem …«

»Glaubst du, er hat es gemerkt?«

»Dass du ihn angeklimpert hast?« Nelly zeigte mit dem Finger an mir vorbei die Staße runter. »Siehst du den da drüben?«

Einen Straßenblock weiter stand ein Kiosk. Davor saß ein Mann auf einem Campingstuhl, der eine Zigarette rauchte und sein Gesicht in die Sonne hielt.

»Meinst du den Mann, der vor dem Kiosk sitzt?«, fragte ich.

»Yep.«

»Was ist mit dem?«

»Selbst der hat's mitgeschnitten.«

»Auweia«, sagte ich.

»Mach dir nichts draus. Jonas ist es gewohnt, dass die Mädchen ihn anglotzen. Sollen wir?«

»Und was ist mit meinem Vater?«

»Wenn der wirklich in Berlin ist« – Nelly stieß sich vom Sessel ab und rollte los –, »dann ist er morgen auch noch da.« Sie drehte um, griff sich im Fahren den Rucksack und glitt dann rückwärts an mir vorbei wie von einem Gummiband gezogen. »Du kannst mein Fahrrad haben, hopp, hopp!«

Ich nahm meine Tasche und trabte wieder hinter ihr her. »Ich muss noch zahlen!«, rief ich.

»Bist eingeladen.«

»Und was sage ich meiner Tante?«

»Fällt uns schon was ein.«

»Ich hab keinen Bikini dabei.«

Nelly hatte bereits den Eingang zum Park erreicht

124

und verschwand zwischen den Pfosten. »Weißt du, was dein Problem ist?«, rief sie.

»Ja, ich meine: nein! Das heißt: Ich weiß nicht. Jetzt bleib doch mal stehen!«

Sie wartete, bis ich zu ihr aufgeschlossen hatte. Dann sagte sie: »Du denkst zu viel in Problemen.«

3

Es wurde der schönste Tag meines Lebens. Ehrlich. Wir nahmen die Räder mit ins Abteil, fuhren erst mit der U-Bahn durch die halbe Stadt und dann noch mal mit der S-Bahn bis nach Potsdam. Danach ging es auf Seitenstraßen durch eine Gegend mit lauter alten Villen. Jonas und ich fuhren auf der Straße, Nelly flog auf ihren Blades über den Bürgersteig, sprang über Bordsteine und umkurvte in Lichtgeschwindigkeit parkende Autos. Jedes Mal, wenn ein Hindernis auftauchte – eine gepflasterte Toreinfahrt oder ein Gullideckel –, rief sie »Yeehaaa!« wie ein Cowgirl und beschleunigte noch einmal ihr Tempo.

»Irgendwann brichst du dir die Beine«, rief Jo über eine Reihe Autos hinweg.

»Gut möglich!«, rief Nelly zurück, »aber nicht heute! Yeehaaa!«

Der See sah aus wie auf einer historischen Postkarte. Es gab eine sandige Ausbuchtung, die als Badestelle genutzt wurde, ansonsten war das Ufer von Schilf gesäumt. Auf der gegenüberliegenden Seite, fast wie unecht, gab es einen Park mit einem kleinen Schlösschen, der ans Wasser grenzte.

Wir legten uns etwas abseits der Badestelle zwischen die Bäume. Von den anderen war noch keiner da. Nellys Bikini passte mir, auch wenn ihr Busen eindeutig größer war als meiner. Allerdings war er schwarz (ihr Badeanzug, nicht ihr Busen) und auf dem Hintern war ein weißer Totenkopf mit gekreuzten Knochen aufgedruckt. Mama hätte um Hilfe geschrien und ich glaube, rings um die Badestelle gab es niemanden, der mir nicht auf den Hintern glotzte, als ich zum See ging. So schnell war ich noch nie im Wasser gewesen.

Jonas und ich schwammen bis zur Mitte des Sees, Nelly wollte sich erst noch »aufheizen«. Eigentlich schwimme ich nie so weit raus. Erstens, weil ich keine gute Schwimmerin bin, und zweitens, weil ich dann immer das Gefühl habe, etwas könnte nach mir schnappen und mich unter Wasser ziehen. »Gibt's hier Fische?«, fragte ich.

Auf der Uferbefestigung vor dem Schlösschen saßen zwei Männer und hielten ihre Angeln übers Wasser.

»Glaubst du, die angeln nach Lottoscheinen?«, fragte Jonas.

»Ich meine so richtig große.«

»Angeblich gibt's einen Riesenwels, der seine Beute durch Stromschläge tötet. Aber erstens glaub ich nicht dran und zweitens leben die, soweit ich weiß, in tiefem Wasser.«

127

»Gut zu wissen«, sagte ich und tat so, als sei ich mit Riesenwelsen aufgewachsen.

Als mich kurz darauf zufällig Jonas' Hand streifte, schrie ich trotzdem auf. »Entschuldige«, sagte ich. »Ich dachte, du bist ein Fisch.«

Jonas' Schmollmund verzog sich zu einem schiefen Lächeln. »Haie sind keine Fische«, erwiderte er und dann tauchte erst sein Kopf unter, dann der Oberkörper und anschließend der Rest.

Auf einmal war ich ganz allein auf dem See. Ich schaute mich um, aber Jonas blieb verschwunden. In der Ferne sah ich die Badestelle.

»Jonas, komm schon, hör auf damit!«

So lange konnte er unmöglich die Luft anhalten. Ein Stück weiter schwamm eine Ente, als ob nichts wäre. Plötzlich spürte ich etwas unter mir. Es berührte mich nicht, aber das Wasser wirbelte um meine Füße herum. Dann war es wieder weg. Und dann kam es aus dem Nichts und schnappte nach meinem Bein und natürlich war es Jonas, aber ich schrie trotzdem auf und strampelte und dann schrie und lachte ich gleichzeitig und rief: »Jonas, du … Aarrrgghhh!«

»Oh, ihr habt doch noch zurückgefunden«, begrüßte uns Nelly und ich fragte mich, ob sie vielleicht eifersüchtig war.

Jonas scharrte mit dem Fuß im Gras, als fühlte er sich schuldig. Irgendetwas stimmte hier nicht. War es

ihm einfach nur peinlich, mit mir so lange im See ge-
schwommen zu sein, oder hatte er ein schlechtes Gewissen? Und wenn ja, wem gegenüber?

Nelly stellte mich den anderen vor, die inzwischen
eingetroffen waren: Moritz, genannt »the brain«, trug
eine Nickelbrille und war so dünn, dass seine Rippen
aussahen wie abgenagte Spareribs. Letztes Jahr hatte
er sämtliche Oberstufler im Schulschachturnier »ein-
geatmet«, wie Nelly das nannte. Dann Anna, die halb
Türkin war, bereits den Körper einer ausgewachsenen
Frau hatte und sich selbst als Nellys Zecke bezeichne-
te: »Wenn ich nicht neben ihr sitzen würde, hätte ich
garantiert schon 'ne Ehrenrunde gedreht.« Außerdem
Leoni, die eine Figur hatte wie ein Model und mit
Nelly in derselben Volleyballmannschaft spielte, und
schließlich Bernhard, der das Doppelte von Moritz
war, mit seinen langen Haaren wie ein Höhlenmensch
aussah und seit einer Kehlkopfentzündung im vergan-
genen Jahr auch die passende Stimme dazu hatte.
Abgesehen von Leoni, die sich mir gegenüber irgendwie zickig benahm, waren alle sehr nett. Ich glaube,
sie hatte Angst, ich könnte ihr die Freundin wegneh-
men oder so.

Moritz wollte wissen, wo ich herkam und was ich
in Berlin machte. Ich traute mich nicht, mit der
Wahrheit, der ganzen Wahrheit und so weiter heraus-
zurücken, also sagte ich nur, ich sei mit dem Zug gekommen und mache Ferien.

»Alleine?«, fragte Moritz und schob seine Nickel-brille den verschwitzten Nasenrücken hinauf.

»Mein Vater wohnt hier«, gab ich zur Antwort.

»Das wollen wir doch hoffen«, sagte Nelly und grinste.

Gestern, auf der Wiese im Kreuzberg-Park, bevor ich zu den Verrückten in die Cimbernstraße gefahren war, da hatte ich mir so sehr gewünscht, irgendwo dazuzugehören. Dabei schien mir der Wunsch völlig unerreichbar. Jetzt, nur einen Tag später, gaben mir Nelly, Anna, Moritz, Bernhard, Leoni und Jonas das Gefühl, als gehörte ich schon immer dazu. Ganz selbst-verständlich und irgendwie total entspannt. Am liebs-ten wäre ich aufgesprungen und hätte sie der Reihe nach umarmt – als Ersten Jonas und als Letzten eben-falls Jonas. Und zwischendrin auch noch mal.

Bernhard, der sich als Einziger in die pralle Sonne gelegt hatte, hob den Kopf und schaute an sich herun-ter: »Da ist lauter Schweiß in meinem Bauchnabel«, stellte er fest.

»Mann, Bernhard«, sagte Leoni und warf ihren Beachball nach ihm. »Du bist so was von eklig!«

»Los!« Nelly spuckte einen Kirschkern in seine Richtung. »Ab ins Wasser mit dir, bevor die Vögel in deinen Haaren ein Nest bauen!«

Alle rannten zum Wasser. Außer Jonas und mir. Wir waren ja gerade erst schwimmen gewesen. Als die anderen weg waren, wurde es sehr still. Jonas wusste nicht, was er sagen sollte. Ich auch nicht. Irgendwann sagte er: »Lust auf Federball?«

Wir spielten im Schatten eines Baumes, der so groß war wie ein Mehrfamilienhaus. Zum Glück kann ich Federball ganz gut. Jonas hatte ein neuartiges Spiel, mit kleineren Bällen und Schlägern, die Tennisschlägern ähnelten. Der Ball flog viel weiter, als ich das vom Federball sonst kannte, und so dauerte es eine Weile, bis wir die richtige Technik und den richtigen Abstand gefunden hatten. Aber dann machte es totalen Spaß. Wir standen so weit auseinander, dass der ganze Schulhof zwischen uns gepasst hätte, und der Ball flog im hohen Bogen zwischen uns hin und her.

»Sieht gut aus!«, rief Jonas, als ich ihm den Rücken zudrehte, um mich nach einem verschlagenen Ball zu bücken. Zwischen uns hatten ein paar Ältere ihre Handtücher ausgebreitet und schauten zu mir rüber.

Ich schlug Jonas den Ball zu. »Was meinst du?«, rief ich, dabei wusste ich genau, was er gemeint hatte.

»Hübscher Totenkopf«, sagte er und ich hoffte, dass er nicht sah, wie ich rot wurde.

Nach einer Weile rief er: »Was issn das eigentlich für eine komische Geschichte mit deinem Vater?«

Ich schlug den Ball mit voller Wucht. Jonas musste rennen, um ihn noch zu bekommen. »Willst du die Wahrheit, die reine Wahrheit und nichts als die Wahrheit?«

Er erreichte den Ball, kurz bevor er den Boden berührte, und spielte ihn Rückhand zu mir zurück. »Wird das so was wie eine Beichte?«, fragte er.

Ich ließ den Ball, den er so mühsam erspielt hatte, vor mir ins Gras plumpsen. »Ich fürchte, ja.«

Jonas warf den Schläger hoch, ließ ihn zweimal um sich selbst kreisen und fing ihn wieder auf. »Komme«, sagte er. Er kam über die Wiese auf mich zu, übersprang die Gruppe mit den Handtüchern, lief auf Zehenspitzen durch einen Sonnenflecken, als sei es eine leuchtende Pfütze, lächelte sein schiefes Lächeln, kratzte sich am Kopf, und als er vor mir stand und seine Hand nach meinem Schläger ausstreckte, wusste ich zum ersten Mal in meinem Leben, wie es sich anfühlt, wenn man verliebt ist.

Ich erzählte ihm alles, die Wahrheit, die ganze Wahrheit und so weiter. Alles andere wäre total albern gewesen. Und indem ich ihm meine Geschichte erzählte, machte sie mich ganz schön traurig. Für ein paar Stunden hatte ich meinen Vater und alles, was mit ihm zu tun hatte, völlig vergessen. Jetzt war er plötzlich wieder da und ich steckte in derselben Sackgasse wie gestern.

Jonas fasste mich am Arm: »Mach dir mal keinen Kopf«, sagte er. »Den finden wir schon.« Und wenn ich mich nicht schon fünf Minuten vorher in ihn verliebt hätte, dann hätte ich es jetzt getan.

Die anderen kamen gerade aus dem Wasser zurück, als wir bei den Handtüchern eintrafen.

»Na«, grinste Nelly, »Spaß gehabt?«

Ich wusste nicht, ob sie nur einen dummen Spruch machen wollte oder ob sie wirklich eifersüchtig war. Oder beides. Aber irgendwie konnte ich mir darüber jetzt nicht auch noch den Kopf zerbrechen. Es war einfach kein Platz dafür da.

Ich schob also den Gedanken beiseite und sagte: »Du, Nelly, ich muss unbedingt meine Tante anrufen. Wenn die in die Wohnung kommt, bin ich geliefert. Aber ich weiß nicht, was ich ihr sagen soll.«

»Wie wär's mit der Wahrheit?«

»Auf keinen Fall!«

»Verstehe.« Sie rieb sich ihre grünen Haare trocken und warf sie nach hinten. Dann lächelte sie und wieder strahlte ihr ganzes Gesicht. »Hast du's etwa vergessen?«

»Was denn?«

»Na, ich hab doch heute Geburtstag!«

»Echt?«

»Nein«, Nelly verdrehte die Augen, »nicht in echt. Aber weiß deine Tante das?«

Ihr Plan sah so aus: Ich sollte Tante Katharina anrufen und ihr sagen, dass ich ganz vergessen hatte, ihr von dem Geburtstag meiner Freundin Nelly zu erzählen. Die Feier würde den ganzen Tag dauern, am Abend sollte gegrillt werden, und wer wollte, dürfte über Nacht bleiben. Wenn Tante Katharina mir nicht glaubte, sollte ich ihr einfach Nelly geben, die alles bestätigen würde.

Ich überlegte, ob Nellys Plan funktionieren konnte. »Du kennst meine Tante nicht«, sagte ich. »Die will garantiert deine Mutter oder deinen Vater sprechen.«

»Hm …« Nellys Piercing begann zu kreisen. »Wozu haben wir eigentlich einen kettenrauchenden Frührentner dabei? Bernhard!«

Bernhard reckte müde seinen Kopf nach hinten.

»Hör auf, an deinem Nabel zu spielen«, sagte Nelly. »Du wirst gebraucht.«

Es kam genau, wie ich es erwartet hatte. Tante Katharina ließ sich erst Nelly geben und wollte dann mit ihrer Mutter sprechen.

»Meine Mutter ist gerade in der Küche und backt Kuchen«, piepste Nelly, »aber mein Vater ist da.« Sie zwinkerte mir zu, sagte »Einen Moment, bitte« und reichte mein Handy an Bernhard weiter.

Ich hielt mir die Hände vors Gesicht.

Bernhard richtete sich auf und machte seine Stimme noch tiefer, als sie so schon war. »Ja, Saubermann hier«, sagte er und klang tatsächlich wie ein 50-Jähriger.

Leoni hätte beinahe laut losgelacht. »Saubermann?«, flüsterte sie mit gepresster Stimme, »Spinnt der?«

134

Bernhard ließ sich nicht beirren. »Aber ich bitte Sie …« Er strich sich über den Bauch wie ein Rentner. »Es wäre mir eine Freude, Ihre Nichte als Übernachtungsgast in unserem Haus zu haben.« Er war absolut filmreif. Ich konnte praktisch sehen, wie Tante Katharina am anderen Ende dahinschmolz. »So machen wir's«, meinte er schließlich, beendete die Verbindung und gab mir mein Handy zurück. »Ich glaub, die will mich heiraten«, fasste er das Gespräch zusammen.

»Bernhard«, Nelly legte ihm die Hand auf die Schulter, »das war großes Kino.«

»Kostet aber«, antwortete er.

Ich sah ihn fragend an.

»Da vorne über die Brücke gibt's Eis«, erklärte er. »Schokolade, im Becher, nicht in der Waffel.«

»Kriegst du«, sagte ich.

»Vier Kugeln.«

»Von mir aus auch fünf.«

Er strich sich wieder über den Bauch. »Vier reichen.«

»Für mich Stracciatella und Himbeer-Joghurt«, sagte Nelly, »aber inner Waffel.«

»Stracciatella ist was für Anfänger«, bemerkte Moritz.

»Du musst es ja nicht essen«, gab Nelly zurück.

»Mach ich auch nicht. Minze, eine Kugel, Waffel, bitte.«

Anna wollte zweimal Stracciatella. Sie warf Moritz einen lasziven Blick zu: »Ich steh auf Anfänger.«

»Yo, Baby«, kommentierte Nelly, »zeig's ihm.«

»Willst du auch eins?«, fragte ich Leoni.

Sie sah mich an, als würde sie gleich *nein, danke* sagen, aber dann überlegte sie es sich doch anders: »Von mir aus – Mango und Vanille.«

Jonas stand auf. »Ich helf dir tragen.«

»Oh, so galant heute?«, bemerkte Nelly und mir kam der Gedanke, dass es beides war: Sie wollte einen dummen Spruch machen *und* war eifersüchtig.

Die Brücke war sehr schmal. Unsere Arme berührten sich, als wir darübergingen. Auf der anderen Seite war wieder Platz, aber unsere Arme berührten sich weiter bis zum Eisstand.

»Weißt du noch, wer was wollte?«, fragte Jonas.

Ich sah ihn mit großen Augen an: »Alles vergessen«, gab ich zu, »bis auf die vier Kugeln Schoko für Bernhard und« – ich machte Leonis Stimme nach – »Mango und Vanille, von *mir* aus.«

Jonas lächelte sein schiefes Lächeln: »Leoni ist eigentlich ganz in Ordnung. Es ist nur … Nelly und sie …«

»Was?«, wollte ich wissen.

»Sie lieben und sie hassen sich«, erklärte Jonas. »Und wenn du ihnen einen Stock hinwirfst, dann streiten sie sich drum, auch wenn keine ihn haben will.«

136

Ich überlegte: »Du meinst, es geht darum, wer der Stärkere ist?«

Jetzt musste Jonas nachdenken: »Eigentlich nicht. Nelly ist die Stärkere. Aber Leoni kann nicht aufhören, sie herauszufordern, und Nelly kann nicht aufhören zurückzubeißen, bevor sie Leoni nicht am Boden hat. Trotzdem brauchen sie sich irgendwie … Kann manchmal ganz schön anstrengend werden.«

»Konkurrenzkämpfe finde ich blöd«, sagte ich.

Jonas zog nur die Schultern hoch, als gingen ihn Konkurrenzkämpfe nichts an – als müsse man halt damit leben, wie mit einem Pickel oder einem Schnupfen.

Wir waren an der Reihe mit Bestellen. »Wer wollte noch mal was?«, fragte ich.

»Wie gut, dass du mich dabeihast.« Jonas' Stimme war wie dieser ganze Tag: warm und wie zum Anfassen.

Allerdings, dachte ich.

4

Kaum hatten alle ihr Eis gegessen, da stand Leoni auf und verkündete: »Ich geh dann mal.«

Nelly schirmte mit der Hand ihre Augen ab: »Wohin denn? Nach Hause, zu Mutti?«

»Was fragst'n so? Du weißt doch, dass wir immer um sieben essen.«

»Wie putzig.«

»Außerdem fährt mein Bruder morgen für eine Woche nach Usedom.«

Nelly wurde richtig gehässig: »Der ist doch erst neunzehn – darf der da schon eine *ganze* Woche von zu Hause weg?«

»*Zu*fällig mag ich meine Familie. Und ich esse auch gerne mit ihr zu Abend.«

»Schön für dich«, schnappte Nelly zurück. »Ich hab mich auch nur gewundert, dass deine Mutti-Putti deinen Bruder schon *so* lange aus dem Haus lässt.«

Leoni lief rot an vor Zorn. Sie nahm ihre Tasche auf die Schulter und trat vor Nelly, die bäuchlings auf ihrem Handtuch lag und zu ihr aufsah: »Wenigstens hab ich eine«, stieß sie hervor. Damit drehte sie sich um und ging.

Nelly schwieg.

»Schätze, diese Runde geht an Leoni«, flüsterte Jonas.

Keiner sagte etwas. Sobald Leoni außer Sicht war, stand Nelly auf und verschwand zwischen den Büschen am Ufer.

»Dürfen wir jetzt wieder atmen?«, fragte Anna.

Bernhard hob verwundert den Kopf: »Wieso – war was?«

Danach war zwar die Stimmung wieder gelöst, doch die Szene mit Leoni ging mir nicht aus dem Kopf. Irgendwie tat Nelly mir leid, auch wenn sie selbst es herausgefordert hatte. Als sie nach einer Viertelstunde noch nicht wieder zurück war, fragte ich in die Runde: »Sollte nicht mal einer nach ihr sehen?«

Jonas zog unschlüssig die Schultern hoch.

»Wenn du auf Bisswunden stehst«, meinte Bernhard.

»Die kriegt sich gleich wieder ein«, ergänzte Moritz.

»Wer austeilt«, meinte Anna nur, »der muss auch einstecken können.«

Egal, was die anderen sagten – ich wurde das Gefühl nicht los, dass jeder von ihnen gerne zu Nelly gegangen wäre und sie in den Arm genommen hätte. Nur traute sich keiner. Nach fünf weiteren Minuten hielt ich es nicht länger aus. Ich war so verdammt glücklich, heute, hier und jetzt, dass ich den Gedanken, dass Nelly zwanzig Meter weiter in ihrem Unglück schmorte, nicht ertragen konnte.

»Ich schau mal, was sie macht«, entschied ich und stand auf.

»Soll ich mitkommen?«, fragte Jonas.

Ich überlegte: Einerseits ja, andererseits … »Ich glaub, das ist ein Mädchending.«

»Hals- und Beinbruch«, wünschte Anna.

»Wenn du morgen früh nicht zurück bist«, ergänzte Bernhard, »dann rufen wir die Bergwacht.«

Nelly saß an einer schwer zugänglichen Stelle am Ufer zwischen lauter Baumwurzeln. Es sah aus, als sei sie darin gefangen, wie in einem Spinnennetz. Ihre Füße ragten ins Wasser, die Arme hatte sie neben den Oberschenkeln aufgestützt. Als sie merkte, dass sich jemand näherte, schob sie eine Handvoll Sand zusammen und ließ ihn durch die Finger gleiten. Das wiederholte sie so lange, bis ein Stöckchen hängen blieb, das sie ins Wasser warf.

»Ist alles in Ordnung?«, fragte ich.

»Tu mir einen Gefallen und komm morgen wieder«, grollte Nelly.

Ich stand hinter ihr und überlegte, was ich machen sollte. Irgendwie glaubte ich ihr nicht, dass sie wirklich allein sein wollte, genauso wenig, wie ich den anderen geglaubt hatte, dass sie nicht zu ihr gehen wollten. Also setzte ich mich neben ihr auf die Uferböschung.

140

Nelly starrte zwischen ihre Füße: »Hast du was mit den Ohren?«

Ich popelte mir mit dem kleinen Finger im Ohr: »Hast du was gesagt?«

»Unwitzig«, stellte sie fest. »Schwerhörig und unwitzig – beschissene Kombination.«

»Was?«, rief ich dazwischen. Damit brachte ich sie tatsächlich zum Schmunzeln, wenn auch nur kurz. »Was ist los?«, fragte ich schließlich.

»Nix.«

»Und warum sitzt du dann hier und weinst?«

»Wie kommst'n *da*rauf?«

»Sah so aus …«

»Ich weine nicht. Nie! Kapiert?«

Ich lehnte mich nach hinten und stützte mich auf den Armen ab: »Herzlichen Glückwunsch auch«, sagte ich und blinzelte in die Sonne. Nach einer Weile redete ich weiter. »*Ich* weine total oft – na ja, das weißt du ja inzwischen. Jedenfalls bin ich dann immer total sauer auf mich selbst und fühle mich wie ein kleines, doofes Kind. Aber manchmal … Manchmal hilft es auch.«

»Heulen soll helfen?«

»Manchmal schon. Dann geht's mir hinterher besser.«

Nelly nahm die Füße aus dem See und stemmte sie gegen eine Baumwurzel, die aus dem Wasser ragte. »Schwachsinn«, knurrte sie.

»Kannst du ja gar nicht wissen«, entgegnete ich. »Du weinst ja schließlich nie …«

»Bin eben keine Heulsuse.«

»Ich schon …«

Während Nelly weiter den Sand durch ihre Finger rieseln ließ, kam eine Libelle und setzte sich tatsächlich auf ihren großen Zeh. Ich erschrak, aber Nelly zischte nur »Los, zieh ab!« und die Libelle flog weiter. Nach einer Weile sagte sie: »Wer zu schwach ist, der bleibt auf der Strecke.«

Ich blickte der Libelle nach, die die Uferböschung erkundete. Über dem Wasser verwandelten sich ihre Flügel in flackernde blaue Lichter. »Aber nur, wenn ihm keiner hilft – oder er sich nicht helfen lässt …«

»Survival of the fittest – hat Charles Darwin gesagt.«

»Und das bedeutet?«, fragte ich.

»Das bedeutet: Nur die Harten kommen in den Garten.«

Die Libelle kam wieder auf uns zu, blieb kurz in der Luft stehen und verschwand. »Klingt so, als müsste es da ganz schön einsam sein«, antwortete ich.

Zum ersten Mal sah Nelly mich an: »Wie meinst 'n das?«

Das wusste ich selbst nicht so genau. Schließlich sagte ich: »Was nützt einem der schönste Garten, wenn sonst niemand reindarf?«

Nelly fing wieder an, sich Sand auf ihre Hand zu

142

streuen und ihn durch die Finger rieseln zu lassen:
»Leoni ist einfach eine verspießte Zicke.«

»Was soll denn an der spießig sein?«, fragte ich
nach.

»Jeden Tag derselbe Scheiß: Um sieben wird gegessen – Brüderchen und Schwesterchen und Mami und
Papi.« Ihre Stimme quietschte. »Und jetzt fassen wir
uns alle an den Händen und singen: ›Piep, piep, piep,
recht guten Appetit.‹«

»Du findest essen spießig?«, warf ich ein, aber
Nelly schien mich gar nicht zu hören.

»Und wie das zelebriert wird – trautes Heim, Glück
allein. Halleluja!«

Ich fand ja weder gemeinsam essen spießig noch,
eine Familie zu haben. Eine Weile starrte ich auf den
See hinaus und wartete darauf, dass die Libelle wiederkommen würde. Doch sie kam nicht. Und dann
wurde mir klar, dass es in Wirklichkeit gar nicht um
Leoni ging, sondern um Nelly.

Ich nahm meinen Mut zusammen: »Es ist nicht
ihre Schuld, dass sie eine Familie hat und du
nicht.«

Darauf sagte Nelly lange nichts. Ich sah nicht hin,
aber ich merkte, wie sie schluckte. Schon möglich, dass
sie niemals weinte, aber in diesem Moment war sie
verdammt nah dran.

Als ich schon nicht mehr damit gerechnet hatte,
kam die Libelle doch noch zurück. Gefolgt von einer

zweiten. Gemeinsam tanzten sie im Abendlicht über das Wasser.

»Die meiste Zeit ist es schon okay«, sagte Nelly plötzlich. »Ohne Mutter, meine ich. Ist eben gestorben. Shit happens, so ist das Leben: Irgendwann stirbt man.«

Nelly kannte es nicht anders – so wie ich es nicht anders kannte als ohne Vater. Das heißt: Sie kannte es schon, aber nur von anderen, wie Leoni, und denen ging es auch nicht besser als ihr. Manchmal, so erklärte sie mir, tat es ihr leid, dass sie nie eine Chance gehabt hatte, die verliebte Frau auf Kais Foto kennenzulernen, die so glücklich aussah, mit *ihr* im Bauch. Als könne ihr nichts etwas anhaben, und der Tod schon gar nicht. Und manchmal fehlte sie ihr auch einfach. Manchmal war ein Vater einfach nicht das Richtige. Es hieß ja immer, man könne etwas nur vermissen, wenn man es vorher gehabt hatte. Aber was die eigene Mutter anging, war das Bullshit. Die vermisste man auch, wenn man sie nie gehabt hatte.

»Aber das ist eigentlich alles gar nicht so schlimm«, sagte sie und sah mich an. Beim Schwimmen hatte sich ihre Schminke abgewaschen. Ohne, fand ich, sah ihr Gesicht viel mehr nach Nelly aus. Die grünen Haare hingen ihr strähnig über die Augen. »Was mich richtig ankotzt, ist was ganz anderes.«

Ich blickte sie erstaunt an: »Und was?«

Mit einer schwungvollen Bewegung fegte Nelly

den Sandhaufen, der zwischen ihren Knien entstanden war, in den See, wo er kurz die Oberfläche erzittern ließ. »Schuld«, sagte Nelly schließlich, »die klebt einem am Arsch wie Kaugummi.«

In gewisser Weise war sie schuld daran gewesen, dass Sandra gestorben war. Schließlich hätte sie ja auch richtig herum liegen können, dann wäre das alles nicht passiert. Hat sie aber nicht. Schuld. Und jetzt würde sie nie wieder eine Chance bekommen, diese blöde Schuld jemals loszuwerden. So war das mit der Schuld: Um sie loszuwerden, brauchte man jemanden, der einem verzieh. Und das würde Sandra niemals tun, denn es gab sie nicht mehr. Sie konnte ihrer Mutter nicht einmal sagen, dass es ihr leidtat, dass sie gerne richtig gelegen hätte. Und irgendwie war das eine linke Tour von ihrer Mutter, sich so aus allem herauszuziehen und Nelly mit dieser scheiß Schuld sitzen zu lassen, für immer. Und Kai auch. Dem hatte Nelly nämlich ganz nebenbei auch das Leben versaut. Seine ewige Melancholie! Richtig glücklich – so wie auf diesem blöden Foto – hatte Nelly ihn nie erlebt. Wenn Kai da gewesen wäre, um Sandra zu helfen – vielleicht wäre alles ganz anders gekommen. War er aber nicht. Und daran war Sandra schuld, weil sie ja unbedingt alleine nach Hiddensee fahren musste, fünf Wochen vor dem Entbindungstermin. Und dafür würde Kai ihr auch niemals vergeben können.

Nelly zog die Beine an den Bauch und legte ihren

Kopf auf die Knie: »So ist das«, schloss sie. »Egal wie man es betrachtet: Es ist scheiße noch mal nicht fair.«

Was konnte ich dazu sagen? Ich rückte ein Stück näher an sie heran. Und dann legte ich meinen Arm um sie. »Aber du kannst doch nichts dafür, dass du verkehrt herum gelegen hast«, versuchte ich sie zu trösten.

»Das weiß ich ja.« Nelly stützte ihr Kinn auf die Knie und schaute auf den See hinaus. »Aber das hilft nichts. Jeden verdammten Tag darf ich mir ansehen, was ich angerichtet habe.«

»Du meinst Kai?«

»Fällt dir sonst noch jemand ein, den ich meinen könnte?«

»Aber … Also ich wäre glücklich, so einen Vater zu haben.«

»Bin ich auch. Kai ist ein toller Vater, ehrlich. Und ein toller Freund. Ich liebe ihn und er würde alles für mich tun. Aber …« Sie schnipste ein Steinchen ins Wasser und wartete, bis die Kreise sich verloren. »Aber er trägt diesen Schatten mit sich herum, immerzu, rund um die Uhr. Und dieser Schatten, das bin ich.«

Mit diesen Worten lehnte sie ihren Kopf gegen meine Schulter. Wenig später spürte ich ihre Tränen auf meinen Oberschenkel tropfen.

Ich glaube, wir saßen ziemlich lange so, aber vielleicht kam es mir auch nur so vor. Nach einer Weile richtete sich Nelly wieder auf.

»Hat es geholfen?«, fragte ich.

»Weiß nicht.« Mit einem Lächeln wischte sie sich die Tränen aus dem Gesicht. »Vielleicht ein bisschen.«

Anna, Bernhard und Moritz gingen irgendwann, aber Nelly, Jonas und ich blieben bis zum Sonnenuntergang. Es war wie am letzten Abend eines wunderbaren Urlaubs, wenn man weiß, dass man das Meer für lange Zeit nicht mehr sehen wird.

Erst als wir wieder mit den Rädern in der S-Bahn saßen, kamen meine eigenen Sorgen zurück: Ich war auf der Suche nach meinem Vater kein Stück weitergekommen, und wo ich übernachten sollte, wusste ich auch nicht. Zur Not konnte ich wieder zehn Euro bezahlen und mir die Bank im Park reservieren, aber bei dem bloßen Gedanken daran tat mir jede Rippe weh.

»Du könntest im Gartenhaus meines Onkels schlafen«, sagte Jonas, als hätte er meine Gedanken gelesen. »Wo der Schlüssel liegt, weiß ich.«

»Bloß dass es Viertel nach neun ist und der Garten auf Valentinswerder«, sagte Nelly. »Wie soll sie denn jetzt noch da rüberkommen? Schwimmen?«

Jonas sah mich an: »Valentinswerder ist 'ne Insel«, erklärte er.

Die S-Bahn ratterte entlang der Autobahn Richtung Zentrum. Es hatte sich ein langer Stau aus Urlaubsrückkehrern gebildet, Tausende Lichter in der

Dunkelheit. Wenn man einfach nur starr aus dem Fenster sah, verschwammen sie zu leuchtenden Streifen. Wir hatten alle Fenster im Abteil gekippt und ein kühler Luftzug strich über meine Haut.

»Du könntest bei mir pennen«, überlegte Nelly laut. »Aber Kai würde garantiert merken, dass was faul ist, und unnütze Fragen stellen. Außerdem würde er sich strafbar machen. Und er hat sowieso schon ständig Ärger wegen irgendwelcher Auflagen und Genehmigungen. Neulich sollte er 200 Euro Strafe zahlen, weil auf den Weinflaschen im Vorratskeller Staub war.« Wir schauten alle auf den Fluss aus tausend Lichtern. »Sieht geil aus, oder?« Nelly verdrehte die Augen und machte Pfötchen. »Wie die Lemminge.« Dann fing sie plötzlich an zu grinsen. »Ich hab's«, sagte sie, kramte ihr Handy aus dem Rucksack und wählte eine Nummer. »Hey Paps«, sagte sie, »bist du schon zu Hause? – Nee, bin noch unterwegs. Komme aber gleich. Gibt's was zu essen? – Ja, natürlich weiß ich, dass morgen Schule ist. – Ja, bis gleich.« Jonas und ich verstanden nur Bahnhof. »Bingo«, sagte Nelly und dann klärte sie uns auf.

Kai war gerade mit der Abrechnung fertig und würde jetzt nach Hause gehen. Das hieß, sein Büro war frei. Es lag hinter dem Café, ein kleines Zimmer zum Hof mit einem separaten Zugang vom Treppenhaus. Und es gab nur zwei Menschen, die einen Schlüssel hatten: Kai und Nelly. Sie zog ihren Schlüsselbund aus dem Rucksack, trennte einen Bund ab und reichte ihn mir. »Du darfst alles machen – nur nicht diese Schlüssel verlieren. Neben dem Café ist der Hauseingang, links in den Treppenaufgang, dann gleich die Tür rechts. Den Rest findest du schon. Hier«, sie zeigte mir einen Sicherheitsschlüssel mit eckigem Kopf, »der hier ist fürs Büro. Der runde braucht dich nicht zu interessieren. Mit dem kommst du von hinten ins Café.«

Zögerlich nahm ich den Schlüsselbund. »Bist du sicher?«

»Du musst nur morgen früh um halb acht raus sein. Kai kommt gegen Viertel vor. Kriegst du das hin?«

Am Görlitzer Bahnhof stiegen wir aus. Um drei Uhr am nächsten Nachmittag wollten wir uns wieder in Kais Café treffen und gemeinsam überlegen, wie ich meinen Vater finden könnte. Jonas küsste erst Nelly auf die Wange, dann mich. Dabei legte er kurz seinen Arm um meine Taille.

»Wir finden ihn schon«, sagte er, dann schwang er sich auf sein Rad und verschwand in einer Seitenstraße.

»Jemand zu Hause?«, fragte Nelly.

»Was?«

»Ich sagte, bis morgen um drei dann.«

»Bis morgen um drei dann«, wiederholte ich, »und danke.«

»Wir finden ihn schon«, imitierte sie Jonas' weiche
Stimme, zwinkerte mir noch mal zu, ignorierte sämtliche roten Ampeln und sauste mit ihren Blades quer
über die Kreuzung in die Nacht hinein.

Kais Büro musste früher eine Abstellkammer gewesen sein, ein kleiner, schmaler Schlauch mit einer
schiefen Decke, über dem sich das Treppenhaus em-
porschraubte. Wann immer jemand kam oder ging,
trampelte er mir direkt auf dem Kopf herum. In einer
Nische stand ein altes Sofa, das einzige Fenster war
vergittert, davor standen Mülltonnen. Immerhin gab
es eine abgetrennte Toilette, auf der man den Kopf
einziehen musste, ein Waschbecken und eine Dusch-
kabine, die offensichtlich lange nicht benutzt worden
war. Kais »Büro« war ein Brett, das er in die Ecke vor
dem Fenster geschraubt hatte. Darauf standen ein Telefon, ein Laptop und eine überquellende Dokumen-
tenablage. Die restlichen Aktenordner stapelten sich
auf dem Boden und dem Sofa.
    Die Dusche funktionierte. Es kam warmes Wasser
und es lief sogar ab. Ich wusch mir die Haare mit der
Seife vom Waschbecken, trocknete mich mit einem
Küchenhandtuch ab, zog mir frische Sachen an,
räumte das Sofa frei und kuschelte mich unter eine
zerknautschte Wolldecke. Das Dämmerlicht aus dem
Hof warf gespenstische Schatten an die Decke. Ich
fragte mich, was das für merkwürdige Formen waren,

bis jemand die Treppe runterkam und mir klar wurde, dass ich von unten auf die Stufen guckte, die in den ersten Stock führten. Bevor ich einschlief, schwappten die Erlebnisse dieses Tages wie eine warme Woge über mich. Ich sah Nelly, wie sie mit ihren Blades über die Bürgersteige geflogen war, dachte daran, wie ich sie am See in den Arm genommen hatte, und dann tauchte Jonas vor mir auf, mit seinem schiefen Lächeln, als er über die Wiese auf mich zugelaufen war. Ich befühlte die Stelle, an der sich unsere Arme berührt hatten, und fragte mich, wie er es geschafft hatte, mein trauriges Herz in nur einem Tag in einen bunten Konfettiregen zu verwandeln.

Die Sprungfedern des Sofas quietschten bei jeder meiner Bewegungen, der Müllgeruch kroch durch das gekippte Fenster und alle paar Minuten trampelte jemand über mich hinweg. Trotzdem hätte ich in dieser Nacht an keinem Ort der Welt lieber sein wollen als in dem kleinen Kabuff mit dem vergitterten Fenster und dem alten Sofa.

DRITTER TAG

1

Ich erwachte, weil sich vor dem Fenster zwei Hunde anbellten und ein Mann in einer mir fremden Sprache dazwischenschrie. Nein, stimmte nicht. Es waren nicht *zwei* Hunde, die bellten, und *ein* Mann, der dazwischenschrie, sondern zwei Männer, die schrien, und ein Hund, der dazwischenbellte. Aber sie waren wirklich kaum auseinanderzuhalten. Mit geschlossenen Augen drehte ich mich auf die Seite und tastete nach meinem Handy. Als ich es gefunden hatte, hielt ich es ganz dicht vor mein Gesicht und öffnete ein Auge. 07:43.

»Oh nein«, stöhnte ich, sprang auf, stolperte in meine Shorts, knautschte die Decke zusammen, warf die Ordner aufs Sofa, stellte die Seife zurück, stopfte meinen Kram in die Tasche, schlüpfte in die vor zwei Tagen noch neuen Sneakers, griff mir im Vorbeigehen meine Zahnbürste, schloss zweimal die Tür ab, rannte um die Ecke und prallte im Durchgang mit voller Wucht gegen etwas Weißes. Ich nahm noch den Duft von Zitronen wahr, dann saß ich auf dem Hintern und versuchte, oben von unten zu unterscheiden.

Vor mir stand Kai. Das Weiße war sein Hemd, der Zitronenduft sein Aftershave.

»Nanu«, sagte er und half mir auf die Beine. »Bist du nicht …«

»… Frieda.«

»Richtig, Frieda. Wohnst du hier?«

»Äh, nein, ich …« Ich klopfte mir das T-Shirt ab. »Ich wollte nur eine Freundin abholen.«

»Ich dachte nur« – er lächelte – »wegen der Zahnbürste.« Er deutete auf meine Hand, die noch immer die Zahnbürste umklammert hielt. »Und?«

»Hm?«

»Deine Freundin?«

»Oh, die … scheint schon weg zu sein.«

»Kein Wunder.« Kai schaute auf seine Armbanduhr. »Ist ja auch schon reichlich spät.«

»Äh, was?«

»Na ja, in fünf Minuten ist Anpfiff.«

Ich stand da, als hätte ich gerade mein Gehirn verschluckt.

»Schule?«, fragte Kai.

»Ach so, ja klar. Genau, ich muss los. Bin verdammt spät. Und das am ersten Schultag.«

Kai deutete auf meine Tasche. »Noch dazu, wo sie dich so viel Zeug mitschleppen lassen.«

»Das ist … 'ne lange Geschichte«, sagte ich. »Servus!« Und raus war ich.

Die Zechliner Straße war in Hohenschönhausen. Dort wohnte der vorletzte Simon auf meiner Liste. Die Fahrt mit der Bahn war inzwischen Routine für mich: Tageskarte ziehen, sechs Euro zehn, Linie 1 bis Warschauer Straße, umsteigen in die M10 bis Landsberger Allee, dann in die M6 und aussteigen an der Zechliner Straße. Wieder flimmerte bereits um neun Uhr morgens die Luft über den Autos, wieder keine Wolke am Himmel, wieder keine Sonnenbrille und wieder dieses Monstrum von einer Tasche, das, so schön es war, mit jedem Schritt schwerer wurde. Und wieder die Blasen an den Füßen. Die Spezialpflaster wirkten ganz gut, trotzdem kaufte ich mir in der ersten Apotheke, an der ich vorbeikam, eine Salbe, die ich zusätzlich auf die inzwischen offenen Stellen schmierte.

Die Gegend war alles andere als einladend. Ein Hochhaus neben dem anderen, komisch aussehende Typen führten komisch aussehende Hunde spazieren und warfen mir komische Blicke zu. An dem Haus mit der Nummer 243 wäre ich beinahe vorbeigelaufen. Dabei hatte es elf Stockwerke und war bestimmt noch aus dem Flugzeug zu sehen, das sich über mir mit dröhnenden Turbinen in den Himmel aufschwang – auf dem Weg nach Südafrika oder Sardinien oder einfach nur nach Hannover. Jedenfalls wäre ich an dem Haus fast vorbeigelaufen, was daran lag, dass ich mich auf nichts konzentrieren konnte. Und das wiederum lag daran, dass ich die ganze Zeit an Jonas denken musste. Und wenn ich schreibe »die ganze Zeit«, dann meine ich das auch. Da passte kaum ein anderer Gedanke dazwischen. Ungefähr so:

... Jonas – Jonas – Fahrkarte kaufen – Jonas – Jonas – Jonas – Geld zählen – Jonas – zwei Euro – Jonas – drei – Jonas – Jonas – vier – fünf – Jonas – Mist, mir fehlt ein Euro – Jonas ...

Ich fragte mich, ob man daran erkennt, dass es wirklich Liebe ist, und ob es mir mit Jonas so ging, wie es Mama mit Carlos ergangen war. Sobald er die Bühne betreten hatte, war sie »für alle anderen Reize unempfänglich gewesen«. Aber weiter als bis zur Frage kam ich nicht, denn dann musste ich schon wieder an Jonas denken.

Ich hatte ein richtig schlechtes Gewissen deswegen, und zwar meinem Vater gegenüber. *Das* sollte doch eigentlich mein Ziel sein – meinen Vater zu finden. Denn wer kein Ziel hatte, für den war kein Weg der richtige. Stattdessen dachte ich die ganze Zeit nur an Jonas und dass ich ihn heute Nachmittag wiedersehen würde.

»Dit könne sich spaarn, junget Fräulein. Der is nich da und der kommt ooch nich wieder.«

Der Mann hielt sich mit beiden Händen an einem Besen fest. Er trug einen blauen Overall, eine Brille mit schmutzigen Gläsern, einen schuppigen Seitenscheitel und Schuhe, deren Nähte aufgeplatzt waren.

Ich wich einen Schritt zurück und sah ihn verständnislos an.

»Der Simon«, erklärte er. »Is nich da.«

Offenbar hatte ich geklingelt, ohne es zu merken.

»Den hat sein Sohn doch schon vor Monaten ins Heim bringen lassen.« Der Mann lehnte sich auf den Besen und die roten Borsten spreizten sich unter seinem Gewicht in alle Richtungen. »So is det. In seim eigenen Bett schläft *der* nich noch ma.«

Was denn für ein Heim?, wollte ich fragen, doch der Mann kam mir zuvor.

»›Altenheim Sonnenschein‹. Heißt aba nur so. Da wird die Wiese nich mehr grün. Is keen Ort. Will ma nich hin. Aber so'n Sohn will ma ooch nich habn. So wat kommt von so wat.« Er räusperte sich. Es klang, als habe er statt einer Lunge einen Kohlenkeller. »Erst die Vormundschaft abschwatzen, denn in'n Heim stecken.«

Das Räuspern zog ein Husten nach sich und so konnte ich eine Frage stellen: »Wie alt ist denn der Herr Simon?«

Er rieb sein Kinn auf dem Besenstil: »Zweeunneunzich warer, als se'n jeholt ham, dreiunneunzich isser nu und demnächst isser ja nüscht mehr. So is det.«

Und damit war nur noch ein Simon auf der Liste.

Ich hatte noch nichts gegessen und fand, nach den Aufregungen der letzten Tage war eine Belohnung fällig. Ich hatte noch 122 Euro 60. Das war nicht schlecht. Sonst bin ich nicht so sparsam. Ich entschied, mindestens zehn davon für ein schickes Frühstück zu investieren. 52,50 brauchte ich für das Rückfahrticket, blieben auf jeden Fall noch 60 übrig. Ich sah mich um: An der Tramstation gab es eine »Bäckerei 2000« und einen »Altberliner Schlachthof«. Und komische Typen mit komischen Hunden. Als Frühstück gab es hier wahrscheinlich rohes Fleisch zu essen. Ich fuhr zurück ins Zentrum, stieg Friedrichstraße aus und ließ mich mit der Menge treiben.

Hier war das Angebot schon ansprechender: fettige Bratwürste, »Dunkin Donuts« und »Bäckerei Wiedemann«. Eine Belohnung hatte ich mir dennoch anders vorgestellt. Mir war mulmig. Mein Vater, Jonas, Mama … Das alles mischte sich und heraus kam ein Gefühl, als müsste ich gleichzeitig aufbrechen und Abschied nehmen – wie gleichzeitig lachen und weinen. Ich wollte irgendwo sein, wo meine Gedanken sich ordnen würden.

Den passenden Ort für meinen Gemütszustand fand ich in der Straße Unter den Linden: *Café Einstein*. Das genaue Gegenteil von Kais Café: Die grünen Tischchen sauber auf dem Bürgersteig aufgereiht, auf jedem Tischchen ein Aschenbecherchen, zu jedem Tisch, Ton in Ton, zwei Korbstühle, jeweils zwei Tische unter einem bordeauxroten Schirmchen aus »Stephanskirch bei Rosenheim«, wie auf der Unterseite zu lesen war. Wenn meine Gedanken hier keine Struktur annahmen, dann wusste ich auch nicht weiter.

Um mich herum saßen ausschließlich Touristen, ich hörte mindestens vier Sprachen auf einmal. Und mit meinem Stadtplan war ich in bester Gesellschaft. Ich bestellte ein »Tieresiner Frühstück« für 10 Euro 80 und eine »Wiener Eisschokolade« für 5 Euro 10. Es schmeckte sehr gut, trotzdem hätte ich mich in Kais Café wohler gefühlt. Noch lieber aber hätte ich Jonas bei mir gehabt. Gestern, als er da war, war alles gut. Jetzt fühlte ich mich einsam. Mama dagegen vermisste ich überhaupt nicht und auch deshalb hatte ich ein schlechtes Gewissen. War so Erwachsenwerden? Wenn man plötzlich einen Jungen, den man gerade mal einen Tag kannte, mehr vermisste als seine Mutter, die einem 14 Jahre lang all ihre Liebe gegeben hatte? Oh Mama, es tut mir so leid!

Aber es war nicht nur Jonas, den ich vermisste. Je länger ich unter dem Sonnenschirm saß, desto stärker wünschte ich mir die drei As herbei, bis mir die Sehnsucht nach ihnen schließlich die Brust zusammenschnürte. Besonders, und das hatte ich noch nie erlebt, die nach Laura und Mira. Bis dahin hatte ich die vier As nie unterschiedlich stark vermisst. »Wahre Freundschaft«, hatte meine Oma früher gesagt, »zeigt sich in der Not.«

Ich kramte mein Handy aus der Tasche, betrachtete das Display und überlegte. Wie wahr unsere Freundschaft auch sein mochte, in dieser Not würde sie kaum etwas ausrichten können. Oder doch? Ich blätterte vor zu LAURA und drückte »wählen«. Ein paar Sekunden später erklärte mir eine nervtötend freundliche Frauenstimme, dass der Teilnehmer derzeit nicht erreichbar sei und ich es später erneut versuchen sollte.

Bei Mira hatte ich mehr Glück, da ging wenigstens die Mailbox ran und ich hörte ihre Stimme: »Servus, hier ist Mira. Wir sind im Urlaub. Ihr könnt mir was auf die Mailbox quatschen, aber ich weiß nicht, ob ich es vor dem achtundzwanzigsten abhören kann.«

»Mira!«, rief ich aufgeregt, »ich bin's, Frieda!« Und dann schnürte sich zu meiner Brust auch noch mein Hals zu, ich saß da, schluckte, schluckte noch mal, spürte, wie meine Unterlippe anfing zu zittern, und nach einer halben Ewigkeit sagte ich »Ich ruf später noch mal an« und ließ mein Handy auf die Tischplatte fallen, als hätte ich mir die Finger daran verbrannt. Bei Anna und Sophia versuchte ich es erst gar nicht mehr.

Ein sehr kleiner Mann mit einem ebenfalls sehr kleinen Akkordeon löste sich aus dem Strom der Passanten, lehnte sich gegen einen Schaltkasten, spielte drei Lieder, ohne dass sein graues Gesicht die geringste Regung gezeigt hätte, und ließ sich wieder forttreiben. Die Adresse des letzten Simon war ganz in der Nähe: *Lit. Agent. K. Simon, Bauhofstraße 1.* Ich fand die Straße nicht gleich, weil sie so klein war, dass der Name danebengedruckt stand, aber wenn ich den Plan richtig las, waren es nicht mehr als fünf Minuten Fußweg.

Irgendwie hatte ich Angst vor dem letzten Simon. Mehr als vor irgendeinem davor. Ich hatte Angst, dass auch der nicht mein Vater sein würde und ich mit meiner Suche am Ende wäre, und ich hatte Angst, *dass* er mein Vater sein würde und mein Leben von heute an nicht mehr dasselbe wäre. Und wenn er es nicht war? Dann würde ich zurück nach München fahren und vielleicht nie wieder herkommen – und nie wieder Jonas sehen. Bei dieser Vorstellung wurde mir richtig schlecht. So viel zu der Frage, ob das *Café Einstein* der geeignete Ort war, um Ordnung in meine Gedanken zu bringen: In meinem Kopf war so viel Struktur wie in einem Teller Buchstabensuppe. Ich zahlte, stand auf und ging. Und weil ich bis um drei noch viel Zeit und außerdem Angst vor dem letzten Simon hatte, schlug ich erst einmal die entgegengesetzte Richtung ein.

Ich ging vor zum Pariser Platz und stellte fest, dass das Brandenburger Tor, das ja immerhin als Wahrzeichen der Stadt gilt, unscheinbarer war, als ich gedacht hatte. Zuerst erkannte ich es gar nicht, weil es zwischen lauter andere Gebäude geklemmt war. Berlin ist sonst viel größer und breiter und dicker als München, aber für das Brandenburger Tor würde sich auch in München ein Platz finden. Und man konnte durchgehen, einfach so. Und wenn man das machte, dann geschah ... nichts. Außer, dass man auf der anderen Seite stand. Auch ein bisschen enttäuschend. Ich hatte erwartet, dass mich der Strahl der Erleuchtung treffen würde oder so. War aber nicht.

Wieder folgte ich blindlings den Menschen um mich herum und fand mich kurz darauf vor dem Reichstag wieder, dessen Kuppel ich bei meiner Ankunft vom Bahnhof aus gesehen hatte. Im Gegensatz zum Brandenburger Tor war *der* nun wirklich sehr mächtig und würde in München die halbe Fußgängerzone unter sich begraben. Von dem, was danach kam, erinnere ich nicht viel: eine schmale Brücke, Wasser, Beton und dicke Mauern, Jonas, Jonas, Jonas ... Und dann stand ich vor der Museumsinsel, umringt von tausend Tonnen Geschichte, und fühlte mich kleiner und unbedeutender denn je. Das Straßenschild neben mir trug die Aufschrift *Bauhofstraße*. Kein Wunder, dass ich mich so schwergetan hatte, sie zu finden. Es hatten nur drei Häuser darin Platz. Sie waren niedriger als die in den anderen Straßen – zwei Stockwerke statt vier – und wirkten aus irgendeinem Grund sehr alt. Ich hatte überlegt, was das *Lit. Agent.* vor dem K. Simon wohl bedeutete. Jetzt wusste ich es:

Literarische Agentur K. Simon

Ich zögerte, auch wenn mir klar war, dass sich dadurch nichts änderte. Früher oder später würde ich sowieso klingeln. Es war der letzte Simon, meine letzte Chance. Ich musste.

Also klingelte ich.

»Ja, bitte?«

Ich weiß nicht, was ich erwartet hatte, aber keine zarte Frauenstimme. »Ich wollte zu Herrn Simon«, sagte ich.

»Wer sind Sie denn?«

»Frieda Kobler«, sagte ich, als erkläre mein Name alles Weitere.

»Und in welcher Angelegenheit kommen Sie?«

»Das würde ich ihm lieber selber sagen.«

Danach passierte einige Zeit nichts, außer dass mich die eingebaute Kamera über der Klingel sehr genau studierte. Dann ging der Summer.

Die Frau mit der zarten Stimme war höchstens eins sechzig, trug ein graues Kostüm – ich glaube, Versace –, eine weiße Bluse, dezenten Goldschmuck und eiskalte blaue Augen.

»Du bist aber noch *sehr* jung«, begrüßte sie mich und ließ mich auf einem der beiden Stühle im Flur Platz nehmen, die ich mit ihrem roten Samtbezug und den goldenen Lehnen eher für Deko gehalten hätte.

Während ich mich fragte, wo ich hier hingeraten war und was genau eigentlich Sinn und Zweck einer literarischen Agentur war, hörte ich eine donnernde Männerstimme aus dem Zimmer am Ende des Flurs: »Wo ist dieses verdammte Fax! Ich brauche dieses Scheißfax, verdammt! Monika!«

»Es liegt vor dir auf dem Tisch«, sagte die zarte Stimme, die plötzlich gar nicht mehr so zart klang.

»Einen Scheißdreck liegt es! Bei diesem Vertrag geht es um nicht weniger als hundertfünfzigtausend Euro – und meinen Ruf!«

»Hier ist es doch.«

»Na also!«

Zwei Minuten war es sehr still, dann flog die hölzerne Flügeltür auf und ein Mann in grauem Anzug erschien, BOSS, würde ich sagen. Sein Kopf war rot und wurde von seinem Hemdkragen eingeschnürt, seine Augen aber funkelten spitzbübisch. Insgesamt wirkte er hysterisch, aber nicht unsympathisch.

»Na dann komm mal rein«, sagte er.

Sein Büro bestand aus einem kleinen Sofa mit Couchtisch, einem Schreibtisch, zwei Stühlen und unzähligen Papierstapeln, die den Boden bedeckten. Das Parkett knirschte unter seinen Sohlen. Durch das Fenster hinter dem Schreibtisch konnte man die Museumsinsel sehen.

»Setz dich!«, sagte er, während er sich selbst in den

Stuhl hinter seinem Schreibtisch fallen ließ. Und dann: »Also, was hast du für mich?«

Ich wusste nicht, was ich antworten sollte. Die Wahrheit, schoss es mir durch den Kopf, die reine Wahrheit und so weiter. Also sagte ich: »Ich bin auf der Suche nach meinem Vater.«

»Hm. Und weiter?«

»Ich bin nach Berlin gekommen, um ihn zu suchen. Eigentlich bin ich aus München. Meine Mutter weiß von nichts. Sie denkt, ich bin zu Hause.«

»Moment!« Er hob die Hand. »Und wo ist die Mutter?«

»In Paris auf der Modemesse.«

»Mode …« Er verschränkte die Hände unterm Kinn. »Mode funktioniert. Weiter!«

»Also, ich bin schon seit zwei Tagen da – die erste Nacht hab ich sogar auf einer Parkbank geschlafen – und jetzt habe ich alle Adressen, die ich hatte, abgeklappert. Bis auf eine. Ich weiß nämlich nicht viel mehr als seinen Namen: Carlos Simon.« Ich sah ihn erwartungsvoll an.

»Bis dahin nicht schlecht«, sagte er, »aber den Namen sollten wir ändern. Und – wie geht's weiter? Lass dir nicht alles aus der Nase ziehen, Herzchen!«

Ich war völlig durcheinander: »Ähh … Ich weiß nicht.«

»Wie – du weißt nicht?« Er machte ein Gesicht wie Herr Böttcher, wenn er zum hundertsten Mal Futur II erklärt und es wieder keiner versteht. »Was ist mit dem dramatischen Ziel, die Conclusio? Worauf läuft das Ganze hinaus?«

Ich wusste nichts zu erwidern: »Hinauslaufen?«, fragte ich.

»Hör mal: Du kannst nicht hierherkommen und mir eine Geschichte andrehen wollen, die ihr dramatisches Ziel nicht kennt.«

»Was denn für eine Geschichte?«, stotterte ich.

»Was denn für eine …« Jetzt verschlug es zur Abwechslung ihm die Sprache. »Du willst mir *keine* Geschichte verkaufen?«

»Nein.«

Er hob die Hände zum Himmel: »Was zum Teufel denn dann?«

Als er begriff, dass ich ihm meine eigene Geschichte erzählt hatte und er selbst der letzte verbliebene Vaterkandidat war, starrte er mich einen Augenblick lang an, riss die Schreibtischschublade auf, durchwühlte sie, fluchte etwas Unverständliches, schlug mit der flachen Hand auf den Tisch und schrie: »Monika!«

In der Tür erschien die kleine Frau mit dem grauen Kostüm.

»Wo sind meine Zigaretten?«

»Ich dachte, du wolltest nicht mehr r…«

»ICH WILL MEINE ZIGARETTEN, VERDAMMT!«

Monikas Kopf zog sich zurück, ihre Schritte entfernten sich, kehrten zurück und dann flog eine Schachtel Marlboros direkt an meinem Kopf vorbei und landete auf seinem Schreibtisch. Die Tür schloss sich wieder.

Herr Simon fummelte sich eine Zigarette aus der Packung, zog ein Feuerzeug aus der Schublade, inhalierte tief, zog noch mal, lehnte sich zurück und sagte: »So, jetzt. Also: Ich will ganz ehrlich zu dir sein, Herzchen: Ich hab schon zwei uneheliche Kinder und meine Lust auf ein drittes ist mehr als begrenzt. Sind süß, die beiden, aber hier …« – er deutete auf seine Geheimratsecken – »fressen mir die Haare vom Kopf. Was weißt du denn alles über deinen Vater?«

Ich erzählte ihm, was ich wusste: Die *Speed Queens*, die Gitarre, Carlos Simon, 1992, München, die schwarzen Haare, Mama.

»Puh …« Er zog noch einmal kräftig an der Zigarette, anschließend drückte er sie aus. »Da hab ich ja noch mal Glück gehabt. Nichts gegen dich, Herzchen, aber: It's not me!«

Er war es nicht, konnte es nicht sein: Nie in einer Band gespielt, Gitarre schon gar nicht, war zur fraglichen Zeit in Indonesien gewesen und hieß Klaus. Tschüss, danke, das war's. Aus der Traum.

Er schob mich zur Tür hinaus: »Aber die Geschichte hat Potenzial«, sagte er zum Abschied. »Schau mal, dass du ein gutes Ende hinbekommst. Wenn das Ende was taugt, meld dich noch mal.«

2

Vielleicht war die Idee, meinen Vater zu suchen, von Anfang an unsinnig gewesen. Ich hatte nicht ernstlich erwarten können, ihn zu finden – mit den paar Informationen, die ich hatte. Vielleicht stimmte es, dass für jemanden, der ein Ziel hatte, jeder Weg der richtige war. Was aber, wenn das Ziel das falsche war und ich mir mit meinem Vater einfach das falsche Ziel gesetzt hatte?

Nach Berlin gekommen zu sein bereute ich trotzdem nicht. Auch wenn es jetzt so aussah, als sei mein Vorhaben gescheitert. Dafür hatte ich Jonas kennengelernt. Und Nelly. Und einen Haufen verrückte Sachen erlebt.

Wie würde es weitergehen? Ich hatte nicht den blassesten Schimmer. Das Einzige, was ich ganz sicher wusste, war, dass ich Jonas wiedersehen wollte. Tante Katharina mit einer weiteren Ausrede zu kommen versuchte ich erst gar nicht. Die hätte sie niemals geschluckt. Heute nach der Arbeit, so gegen halb sechs, würde sie in die Wohnung kommen, das Chaos sehen, mich anrufen und eine Erklärung verlangen. Was ich ihr dann sagen würde? Die Wahr-

heit vielleicht, die reine Wahrheit. Vielleicht auch
nicht.

Das waren die Gedanken, die mir durch den Kopf
gingen, während ich unter dem Sonnensegel in Kais
Café saß und dem Wiedersehen mit Jonas entgegen-
fieberte. Auch wenn es vielleicht das letzte sein würde. Kai arbeitete hinter der Theke und verbreitete
eine wohlige Atmosphäre. Man konnte nicht sehen,
wie er es machte, aber in seiner Gegenwart fühlte
man sich einfach gut aufgehoben, als würde er Wellen
aussenden oder so. Dabei hatte er gar nichts getan,
außer mich zu grüßen und zu fragen, ob ich etwas
trinken wolle.

Mir kam das Bild von gestern in den Sinn, als Nelly
auf ihn zugestürmt war und er einen Moment lang so
glücklich ausgesehen hatte. Dabei waren sie schon
äußerlich so verschieden wie Tag und Nacht. Kai schien
ausschließlich helle Leinenhosen und weiße Hemden
zu tragen, Nelly dagegen war schwarz vom Hals bis
zu den Rollerblades. Trotzdem liebten sie sich. Und
ein gutes Team waren sie außerdem – auch wenn die
ganze Zeit ein »Schatten« über ihm schweben mochte, wie Nelly das genannt hatte. Der Traum, selbst so
einen Vater zu haben, würde sich für mich nicht mehr
erfüllen. Jedenfalls nicht in diesem Leben.

Je näher der Minutenzeiger an die Zwölf heran-
rückte, desto stärker kratzte ich meinen Unterarm.

Um drei hörte ich auf zu kratzen und rutschte stattdessen auf dem Stuhl hin und her. Um fünf nach drei
fing ich wieder mit Kratzen an, rutschte aber weiter hin und her. Um zehn nach drei erschien eine
schwarze Gestalt auf Rollerblades am Ende der
Straße.

Ich konnte sie nicht erkennen, aber ich wusste
sofort, dass es Nelly sein musste. Sie fuhr in elegan-
ten Schlangenlinien und nahm die gesamte Breite
des Bürgersteigs in Anspruch. Als sie die erste Querstraße erreicht hatte – jetzt erkannte ich sie auch –,
tauchte hinter ihr ein Skateboarder auf. Sie sah ihn
nicht, aber er jagte hinter ihr her. Jonas, es war Jonas!
Mein Herz setzte aus, um kurz darauf mit doppelter
Intensität wieder einzusetzen. Am liebsten wäre ich
ihm entgegengelaufen.

Als er den Bordstein passierte, sprang er in die Höhe
und ließ das Skateboard unter sich durch die Luft
wirbeln. An der zweiten Querstraße hatte er Nelly
dann eingeholt. Er sah überglücklich aus. Als Nelly
ihn bemerkte, griff sie schnell nach seiner Hand –
beinahe wäre er vom Board gefallen –, zog sich an
ihm vorbei, drehte lachend eine Pirouette und kam
vor ihm zum Stehen. Er fuhr auf sie zu, sprang im
letzten Moment vom Skateboard und ließ es durch
ihre gegrätschten Beine rollen, während Nelly …
Während Nelly ihre Arme um seinen Hals schlang
und sich an ihn drückte! Und dann küssten sie sich,

Nellys rote Lippen wie ein Saugnapf auf seine gepresst, und taumelten liebestrunken über den Bürgersteig.

Bevor ich einen klaren oder überhaupt einen Gedanken fassen konnte, stieß ich mein Glas um, griff meine Tasche und rannte davon Richtung Park. Am Eingang stolperte ich, rempelte den Papiercontainer an, der daraufhin »Aua« sagte, verstauchte mir den Daumen und lief wie ein gehetztes Tier den gebogenen Pfad entlang. Es war wie in meinem Traum: Ich rannte, so schnell ich konnte, und wagte nicht, mich umzudrehen, so als könnte ich machen, dass mich niemand einholte, indem ich mich nicht umsah. Dabei war ich ziemlich sicher, dass die beiden mich überhaupt nicht bemerkt hatten. Die waren viel zu sehr mit sich selbst beschäftigt gewesen.

Erst als ich auf der anderen Seite wieder herauskam, meine Blasen schrien und mich die Tasche mit ihrem Gewicht zu Boden drückte, verlangsamte ich das Tempo. Vor Wut biss ich mir in den Zeigefinger, bis mein Zahnabdruck blutunterlaufen war. Wenigstens weinte ich nicht. Wer so blöd war wie ich, der hatte es nicht verdient zu weinen. Wie hatte ich nur so naiv sein können?! Hatte ich mir das mit Jonas alles nur erträumt? Er hatte mich so verzaubert, dass ich überhaupt nicht mitbekommen hatte, dass Nelly und er … Mein Gott, ich war so was von … UNREIF! Klar war Nelly gestern eifersüchtig gewesen – so wie

Jonas sich um mich gekümmert hatte. Und jetzt verstand ich auch, weshalb er so verlegen mit dem Fuß im Gras gescharrt hatte … Schließlich waren sie ganz offensichtlich zusammen! Und ich hatte nichts begriffen, ICH IDIOTIN!

Während ich Richtung U-Bahn stampfte, hätte ich beinahe das Tieresiner Frühstück wieder ausgespuckt. Okay, dachte ich, das war's. Es gab keinen Grund, auch nur eine Sekunde länger in dieser Stadt zu bleiben, und mindestens zehn, sofort wieder nach Hause zu fahren. Voller Groll gegen mich selbst machte ich mich auf den Weg zum Bahnhof. Mein Vater hatte sich als Hirngespinst erwiesen und Jonas war vom Wunschtraum zum Albtraum mutiert. Also:

NICHTS
WIE
WEG!

In der U-Bahn stand plötzlich eine Frau vor mir und fragte mich etwas, aber ich hörte und sah sie nur durch einen Schleier und es war mir egal, was sie von mir wollte. Irgendwann ging sie weiter. Erst als sie zusammen mit mir ausstieg und mich dabei ganz mitleidig ansah, wurde mir klar, dass es eine Kontrolleurin gewesen war. Und dann stand ich wieder unter dem Glasgewölbe des Hauptbahnhofs, wo ich vorgestern – vor zwei Tagen erst! – ausgestiegen war und wo ich heute wieder einsteigen würde, in der

Hoffnung, alles, was zwischen dem Aus- und dem Einsteigen passiert war, so schnell wie möglich zu vergessen. Derselbe makellos blaue Himmel, dieselben 34 Grad im Schatten. Nur ich war nicht mehr dieselbe.

Da ich mich nicht imstande fühlte, dem Kartenautomaten klarzumachen, was ich von ihm wollte, reihte ich mich in die Schlange am Ticketcounter ein und wartete, bis die Frau hinter dem Schalter »Der Nächste, bitte«, sagte und mich meinte.

Der nächste ICE ging in zehn Minuten. Sitzplatzreservierung nicht mehr möglich, aber Ticket kein Problem. Je schneller, desto besser, dachte ich, kramte mein Portemonnaie aus der Tasche, zahlte, steckte den Fahrschein hinein und stapfte zum Bahnsteig. Dort stellte ich mich vor eine Informationstafel, richtete meinen Blick auf die Gleise, grollte vor mich hin, vergrub meine Hände in den Hosentaschen und … fand Nellys Schlüssel.

Mein erster Impuls war, ihn wegzuschmeißen, sofort. Einfach weg, wie ein Stück fauliges Obst. Aber das ging nicht, das konnte ich nicht machen. Dann hätte ich mich zu Tode geschämt. Nelly brauchte die Schlüssel. Sie hatte mir eingeschärft, dass alles passieren durfte, wirklich alles – außer dass ich die Schlüssel verlöre. Und sie war wirklich nett zu mir gewesen. Ohne ihre Hilfe hätte ich nie … Jonas kennenlernen müssen! Aber dafür konnte sie nichts. Es war nicht

Nellys Schuld, dass ich mich ausgerechnet in ihren Freund verliebt hatte.

»Scheiße«, sagte ich und blickte auf die Schlüssel in meiner Hand. Sonst sage ich fast nie Scheiße.

Also noch mal nach Kreuzberg. Auf einmal mehr kam es nicht an, auch wenn ich nur noch den einen Wunsch hatte, möglichst schnell aus dieser Stadt herauszukommen. In einer Stunde ging der nächste ICE, nahm ich eben den. Das Ticket war nicht zuggebunden. Eine Stunde, was machte das schon? Also rein in die S-Bahn, Warschauer Straße umsteigen, U1, zwei Stationen, Görlitzer Bahnhof raus und dann die Wiener Straße runter bis zur Liegnitzer.

Als ich wieder vor dem heruntergekommenen Haus mit dem »Kohlenhandlung«-Schriftzug stand, wurde mir ganz komisch. Hier hatte alles angefangen, oben auf dem Treppenabsatz. Und dort würde es auch enden. Nelly hatte mir gezeigt, dass die Tür nie wirklich verriegelt war, sondern aufsprang, wenn man sich nur fest genug dagegenwarf. Ich stieg also zum letzten Mal die vier Stockwerke empor, nahm den Schlüsselbund, hob vorsichtig den Briefkastenschlitz an und dann … öffnete sich die Tür und Nelly stand vor mir.

Ich ließ die Schlüssel in meiner Hand verschwinden und richtete mich auf: »Was machst *du* denn hier?«, fragte ich.

Nelly sah mich an, als sehe sie mich zum ersten Mal: »Ich wohne hier«, sagte sie, »weißt du noch?«

Ich machte nur wieder ein zerknirschtes Gesicht.

»Was war'n vorhin mit dir los?«, fragte sie. »Kai hat gesagt, du wärst urplötzlich geflüchtet. Is das so 'ne Art Systemfehler bei dir? Jonas hat sich schon Sorgen gemacht.« Sie lächelte konspirativ. »Hat interessante Informationen für dich. Sehr interessante.«

Die Zerknirschung in meinem Gesicht wandelte sich in ungläubiges Staunen. Was hatte Nelly da gerade gesagt?

Sie deutete auf ihre Sporttasche. »Sorry, muss los – Volleyballtraining. Wir treffen uns morgen, okay? Gleiche Stelle, gleiche Welle. Und nicht wieder abhauen! Schlüssel hast du?«

Ich nickte, aber Nelly war schon an mir vorbei und holperte mit ihren Blades die Stufen runter. »Nicht verlieren!«, rief sie noch.

Ich steckte die Schlüssel in die Hosentasche zurück. Jonas hatte sich Sorgen um mich gemacht? Ich verstand die Welt nicht mehr. Und weshalb hatte Nelly so verschwörerisch gelächelt, als sie mir das sagte? Und was sollten das für interessante Informationen sein, die er für mich hatte? Was für ein Chaos! Ich hatte doch sowieso schon das Gefühl, nichts zu verstehen, und trotzdem wurde es stündlich weniger. Hatte vielleicht mein gesamtes Gehirn nur die Halbwertszeit von Vitamin C?

Orientierungslos stolperte ich aus dem Haus und lief in den Park, wo ich mir einen einsamen Grasflecken suchte, von dem ich möglichst weit blicken konnte. Hier hoffte ich auf … irgendwas.

Was sollte ich machen? Nach München fahren? In Berlin bleiben? Ich schloss die Augen. Was konnten das für Informationen sein, die Jonas für mich hatte? Und weshalb hatte Nelly mir erzählt, dass er sich Sorgen um mich machte? Mir wurde schwindelig. Ich hielt die Augen geschlossen, ließ langsam meinen Oberkörper ins Gras sinken und drückte meine Hände gegen die Schläfen. Minutenlang fiepte mein rechtes Ohr. Es kamen Stimmen den Hügel hinauf, doch es formten sich keine Worte, die für mich einen Sinn ergeben hätten. Irgendwann glaubte ich, jemanden hinter mir durchs Gras gehen zu hören.

Als ich die Augen wieder öffnete, war ich genauso konfus wie zuvor. Nur eins wusste ich ganz sicher: Meine Tasche war weg. Geklaut. Mit allem, was drin war – Handy, Schlüssel, Geld, Perso, Klamotten, Fahrschein. Einfach alles. Ich hatte nichts mehr. Außer einem Euro achtzig, der Visitenkarte von Heinz Mahlow und Nellys Schlüsselbund.

3

Nachdem Kai die Abrechnung gemacht hatte und nach Hause gegangen war, schlich ich mich wieder in sein Büro. Was hätte ich anderes tun können? Ich hatte ja nicht einmal mehr genug Geld für die Parkbank. Und ich hatte Durst. Wie noch nie in meinem Leben. Ich dachte, ich würde den Wasserhahn leer trinken. Aber es war sogar noch genug für eine Dusche übrig. Jeder einzelne Teil meines Körpers schmerzte. Die Füße – die Blasen sowieso –, die Beine, der Rücken, der Nacken … Das Sofa mit den lädierten Sprungfedern erschien mir wie ein Fünfsternebett.

Eigentlich hätte ich nach drei Sekunden einschlafen müssen, aber in meinem Kopf ging es zu wie in einem Ameisenhaufen. Ich vermisste Mama. Sie hatte bestimmt versucht, mich anzurufen. Genau wie Tante Katharina. Und beide hatten bestenfalls meine Mailbox erreicht. Oder den Typen, der meine Tasche geklaut hatte. Ich konnte sie anrufen. Auf dem Brett mit dem Laptop und den vielen Papieren stand ein Telefon. Aber erstens hatte ich Mama am Nachmittag noch eine SMS geschickt, dass alles bestens sei, zweitens war es bestimmt schon Mitternacht, drittens wusste ich gar nicht, ob ich sie in Paris so einfach erreichen würde, und viertens machte sie sich garantiert nur noch mehr Sorgen, wenn ich sie mitten in der Nacht anrief und ihr erzählte, dass ich in Berlin festsaß.

Ich wurde aus meinen Gedanken gerissen, als es gegen die Scheibe klopfte. Durch das hereinfallende Licht zeichnete sich das Fenster als ein schwach leuchtendes Rechteck auf dem Boden ab. Der Schatten der Gitterstäbe war zu erkennen, außerdem ein menschlicher Umriss. Ich zog die Beine an, versuchte, mich nicht zu bewegen und möglichst kein Geräusch zu machen. Es klopfte wieder. Mein Herzschlag pochte in den Ohren. Ich hielt die Luft an.

»Frieda?«

Vorsichtig ließ ich die Luft aus den Lungen.

»Frieda, bist du da?«

»Jonas?«, flüsterte ich.

»Lass mich mal rein. Ich muss dir was sagen.«

Ich entriegelte die Tür, Jonas kam in den Hausflur und schlüpfte in mein Kabuff. Es war so eng, dass er sich mit seinem Rucksack an mir vorbeizwängen musste. In dem Moment wurde mir sehr bewusst, dass ich nur ein T-Shirt und eine Unterhose anhatte. Ich glaube, ihm auch.

»Wo warst du denn heute Nachmittag?«, fragte er.

Weil kein anderer Platz da war, setzten wir uns

zusammen aufs Sofa. Vorher wickelte ich mir allerdings die verkrumpelte Decke um die Hüfte.

Ich hatte noch nicht geantwortet, da sagte er: »Ich hab die ganze Zeit versucht, dich zu erreichen.«

»Ich …« Ich wollte ihm das mit der Tasche erklären und dass ich meinen Vater nicht gefunden hatte – und gesehen hatte, wie er und Nelly sich geküsst hatten, weshalb er sich seine Flirterei ab sofort sonstwohin stecken konnte. Doch bevor ich auch nur den ersten Satz fertig hatte, war ich schon in Tränen ausgebrochen und sagte nur: »Ach Scheiße.« Und dann war Jonas ganz nah bei mir und sein Arm hielt mich fest und ich heulte ihm die Schulter voll. Es war mir wahnsinnig peinlich, aber gleichzeitig war es auch total schön. Als sei seine Schulter extra dafür da, sich an ihr auszuheulen. Da war es also wieder, dieses komische Gefühl: Jemand bohrte mir lauter spitze Nadeln ins Herz und ich rief: »Mehr, mehr!«

»Ich hab dir was mitgebracht«, sagte er und öffnete seinen Rucksack, ohne den Arm von meiner Schulter zu nehmen.

Zum Vorschein kam ein ziemlich abgewetztes Stofftier, das mal weiß gewesen war, jetzt aber selbst im Halbdunkel einen deutlich erkennbaren Grauschleier hatte. Die schwarzen Knopfaugen blickten mich sehnsüchtig an und die Ohren hingen schlaff vom Kopf herab. Um den Hals trug es ein Tuch mit Sankt-Pauli-Aufdruck. Es konnte alles Mögliche sein:

Hund, Bär, Hase … Und auch das schien es traurig zu machen: dass es nicht wusste, was es sein sollte.

»Ist mir auch mal zugelaufen«, sagte Jonas. »Genau wie du Nelly.«

Ich nahm es und setzte es auf meinen Knien ab. »Danke«, sagte ich.

»Ich dachte, weil doch deine Katze in München ist …« Jonas war sichtlich verlegen. »Damit du dich nicht so alleine fühlst.«

»Danke«, wiederholte ich. »Heißt der auch irgend-wie?«

»Bis jetzt nicht. Ich dachte, wir können ihn ›Hello‹ nennen – wo deine Katze doch ›Goodbye‹ heißt.«

Hello und Goodbye – das gefiel mir. Aufbrechen und Abschied nehmen. »Gut«, sagte ich.

Ich erzählte ihm, was passiert war: Dass sie mir die Tasche geklaut hatten. Mit allem. Und dass ich mei-nen Vater nicht gefunden hatte. Davon, dass ich gese-hen hatte, wie er und Nelly sich geknutscht, ach was, abgeleckt hatten! – davon sagte ich nichts. Und dann sagte niemand mehr etwas.

Die Stille füllte den kleinen Raum wie die heiße Luft in einer Sauna. Ich konnte kaum noch atmen. Als ich es nicht länger aushielt und unbedingt etwas sagen *musste*, sagte ich: »Wie war's in der Schule?«

»Ist das 'ne Fangfrage?«

»Nein, ich dachte nur: Die Schule hat doch wieder angefangen. War's gut?«

»Erste Sahne.« Jonas streckte die Zunge heraus und deutete mit dem Zeigefinger in seinen Rachen. »Ich hatte gleich am ersten Tag alle meine Lieblingsfächer.«

»Und was sind deine Lieblingsfächer?«

»Also, meine Lieblingsfächer sind ›schnell noch abschreiben‹, ›bloß nicht drankommen‹ und ›unsichtbar machen‹.«

Wir lachten kurz. Danach machte sich wieder Stille breit. Irgendwann fing Jonas an, geheimnisvoll zu lächeln.

»Ich hab vielleicht was, das dich trösten könnte.«

»Und was?«, wollte ich wissen.

Er blickte mich von oben herab an. Sein Lächeln wurde breiter.

Ich pikste ihn in die Seite: »Jetzt sag schon!«

Wir saßen wieder nebeneinander, mit Abstand dazwischen. Wenn auch nicht viel. Doch ich fühlte noch die Stelle, an der eben sein Arm gelegen hatte.

Er stützte sich mit den Ellenbogen auf den Oberschenkeln ab. Sein Blick war nach unten gerichtet. »Ich glaub, ich weiß, wer dein Vater ist.«

Ich starrte wie hypnotisiert in das leuchtende Rechteck auf dem Boden: »Wie bitte?«

»Bin noch nicht ganz sicher. Morgen krieg ich Antwort – dann weiß ich mehr.« Er lächelte. »Ich glaube, du warst in der falschen Richtung unterwegs – was deinen Vater angeht.«

Ich wollte natürlich, dass er mir alles erzählt. Aber sosehr ich auch drängte und ihn in die Seite pikste – mehr, als dass er ein paar Nachforschungen angestellt hätte, gab er nicht preis. Nur so viel: Mein Vater war nicht in Berlin. Wenn es überhaupt der war, von dem Jonas glaubte, dass er es war. Aber es deutete alles darauf hin. Bisschen Geduld noch. Jonas hatte ihm eine E-Mail geschickt, incognito. Morgen hätte er die Antwort. Und solange er nicht sicher war, würde er nichts sagen. Sorry, Frieda, warte bis morgen. Eine Nacht, so viel Geduld muss sein – nach vierzehn Jahren.

Und dann waren wir uns wieder ganz nah. Beinahe hätte ich vergessen, dass er mit Nelly zusammen war.

Beinahe.

Ich roch seinen süßen Atem und dann noch eine Mischung aus Zimt und Zedernholz oder so, die von seinem Hals aufstieg und mit seinem Atem verschmolz.

Beinahe.

Seine Lippen waren so dicht an meinen, dass ich nicht wusste, ob sie sich bereits berührten oder nicht.

Beinahe.

Wie konnte er …? Wo er doch mit Nelly zusammen war! Wo er und sie sich heute Nachmittag erst trunken vor Glück in den Armen lagen.

Beinahe.

War Jonas etwa wie all die anderen Männer, die zu

Hause eine Frau sitzen hatten und nach Feierabend mit einer anderen rummachten? Ich konnte es nicht glauben. Nein. So ging das nicht. Auf keinen Fall. Ich war sowieso schon ein Ameisenhaufen, da durfte ich nicht noch eine Bombe reinwerfen. Ich streifte seinen Arm ab und richtete mich auf.

»Tut mir leid«, sagte ich mit wackliger Stimme. »Ich will das nicht – nicht so.« Dann stand ich auf – die Aufforderung für ihn zu gehen.

Jonas sah genauso traurig aus wie das Stofftier, das er mitgebracht hatte. »Äh, sorry.« Er nahm seinen Rucksack und stand unsicher auf. »Ich dachte …« Er senkte den Blick und schob sich an mir vorbei. Diesmal, ohne mich zu berühren. »Da hab ich wohl was falsch verstanden. Sehen wir uns trotzdem morgen?«

Ich biss mir auf die Unterlippe und nickte. Und dann zog Jonas die Tür hinter sich zu.

Ich dachte, mein Kopf würde platzen. Oder mein Herz. Oder beides. Einfach explodieren und in schleimigen Teilchen die Wand runterlaufen und zäh von der Decke tropfen. Und trotzdem gab es etwas, das sich durch dieses ganze Durcheinander kämpfte wie durch einen Dschungel und dann plötzlich vor mir stand: ein Gefühl. Mal wieder. Müde und abgekämpft sah es aus, mit einer hässlichen Fratze. Es hatte ein Namensschild um den Hals und darauf stand: HUNGER! Seit dem Tieresiner Frühstück hatte ich nichts gegessen. Natürlich hätte ich einfach rausgehen und mir etwas kaufen können. Hier gab es an jeder Ecke Döner oder Falafel oder Pizza. Aber nicht geschenkt. Und Geld hatte ich keins mehr.

Moment mal. Hatte Nelly nicht gesagt, dass man mit dem zweiten Schlüssel an dem Bund von hinten ins Café kam? Und somit in die Küche? Ich zog meine Shorts an, schlüpfte in die Schuhe, nahm Hello, schlich in den Hausflur und legte mein Ohr an die Tür, die ins Vorderhaus führte. Nichts. Kais Café war sicher seit Stunden geschlossen. Ich nahm den runden Schlüssel und schob ihn vorsichtig ins Schloss. Er passte. Ich durfte nur keine Spuren hinterlassen und niemanden auf mich aufmerksam machen, dann konnte nichts passieren. Vorsichtig ließ ich das Schloss aufschnappen. Im Café war alles ruhig. Im Dunkeln suchte ich mir den Weg nach vorne zur Theke und von dort die drei Stufen zur Küche.

Ich wartete, bis die Schwingtür sich nicht mehr bewegte, und spitzte die Ohren. Außer dem Brummen der Kühlschränke war nichts zu hören. Die Küche war fensterlos, von außen konnte mich also niemand sehen. Trotzdem suchte ich nach einer möglichst unauffälligen Lichtquelle. Ich fand sie unter einem Bord mit Gewürzen – eine kleine Neonlampe, deren Schein kaum über die Arbeitsfläche hinauskam, aber gerade hell genug war, dass ich mich zurechtfinden konnte. Ich öffnete einen türgroßen Kühlschrank und erblickte das Schlaraffenland. Hier gab es alles, was man zwischen zwei Brothälften klemmen konnte. Auf dem Herd stand ein Korb mit übrig gebliebenen Baguettes. Ich machte mir das Sandwich meines Lebens: Butter, Pesto, Salat, Tomate, Ketchup, Salami, Gurke, zwei Sorten Käse. Ein Hochhaus. Elf Stockwerke, wenn man die Baguettehälften mitzählte. Genauso viele, wie in dem Haus in der Zechliner Straße, in dem K. Simon gewohnt hatte – bevor ihn sein Sohn ins Heim bringen ließ.

Ich setzte mich auf die Arbeitsfläche, Hello im Schoß, stemmte meine Füße gegen die Kochinsel, nahm behutsam das Baguette in beide Hände und betrachtete es von allen Seiten. Ein Kunstwerk. Als ich es nicht mehr länger aushielt, schloss ich die Augen, öffnete meinen Mund und dann … rief jemand: »Zugriff, jetzt!«

Etwas krachte – die Eingangstür –, eine Stiefelherde trampelte durchs Café, die Küchentür wurde aufgestoßen, zwei Lampen strahlten mich an und eine Frau schrie: »Hier!« Darauf kamen vier weitere Lampen angerannt, stürmten in die Küche – ich hatte nur noch weißes Licht in den Augen und hielt schützend das Baguette vors Gesicht – und dann sah ich eine Pistole, die auf mich gerichtet war, und jemand rief: »Weg mit dem Brötchen! Und Hände hintern Kopf!«

4

Es waren vier Männer und zwei Frauen. Alle mit Helm und Kugelweste. Eine der Frauen – mit langen blonden Haaren, die unter dem Helm hervorkamen – sprach in ein Funkgerät: »Berolina von Gamma 124 kommen!«

»Berolina hört«, antwortete das Funkgerät.

»Wir haben eine weibliche Einbrecherin festgenommen und bringen sie zum Abschnitt 53. Sicherheitsdienst ist informiert und übernimmt die Sicherung des Ladens. Besitzer konnte noch nicht erreicht werden.«

»Berolina hört mit.«

»Bericht kommt über Draht.« Sie steckte das Funkgerät weg. »Ich glaube, die können Sie runternehmen«, sagte sie zu dem Mann, der mir die Pistole vorhielt.

Der Mann steckte die Waffe in den Holster, sagte »So, Fräulein, dann woll'n wir mal«, drehte mir die Arme auf den Rücken und legte mir Handschellen an.

»Sie müssen es nicht übertreiben«, sagte die Blonde mit dem Funkgerät. »Sie sehen doch, dass sie ganz verängstigt ist. Wir sind hier nicht in Hollywood.«

»Einbruch ist Einbruch«, erwiderte der Polizist und schob mich durch die Schwingtür.

»Mein Hund!«, rief ich. »Bitte!«

In einem Mannschaftswagen wurde ich zur Polizeiwache gebracht und dort in einen Raum mit zwei Schreibtischen geführt. Der Polizist, der mir die Handschellen angelegt hatte, drückte mich in einen Stuhl. Vor mir auf dem Tisch stand eine Pflanze, deren Blätter ebenso schlaff am Topf hingen wie Hellos Ohren an seinem Kopf. Die Wände waren in einem fauligen Ockergelb gestrichen – Ton in Ton mit der Pflanze. Es roch irgendwie alt.

Die blonde Polizistin kam herein. »Danke«, sagte sie zu ihrem Kollegen. »Ich glaube, ich komme jetzt alleine zurecht.«

Die Kugelweste hatte sie noch an, aber den Helm hatte sie abgenommen. Eigentlich, fand ich, sah sie ganz nett aus. Der Polizist blickte zwischen uns hin und her.

»Wirklich«, sagte die Polizistin, »ist nicht nötig.«

»Bin draußen«, antwortete der Mann. »Für alle Fälle.« Dann stiefelte er aus dem Zimmer.

Die Polizistin nahm mir die Handschellen ab. »Ist *das* dein Hund?«, fragte sie und zog Hello unter der Weste hervor.

Ich nickte.

Sie gab ihn mir und ich hielt mich mit beiden Händen daran fest.

Sie schaltete ihren Computer ein und musterte mich. »Möchtest du einen Kaffee?«, fragte sie schließlich.

Ich schüttelte den Kopf.

»Irgendwas anderes? Wasser oder so?«

Ich zog die Schultern hoch: »Weiß nicht.«

Sie stand auf, ging zur Tür und streckte ihren Kopf in den Flur: »Könnten Sie so nett sein und uns eine Flasche Wasser bringen? – Und zwei Gläser? – Danke!« Als sie wieder vor mir saß, sagte sie: »Guckt zu viel fern, fürchte ich.«

Ich wusste, wen sie meinte. »Scheint mir auch so.«

Sie spielte mit einem Bleistift auf der Schreibunterlage und blickte auf den Monitor.

Die Tür ging auf, der Polizist kam herein und stellte eine Flasche Wasser und zwei Gläser vor ihr ab. »Sonst alles in Ordnung?«, fragte er.

Die Polizistin lächelte: »Alles bestens, vielen Dank. Wenn ich Sie brauche, rufe ich einfach, ja?« Das Lächeln wich aus ihrem Gesicht, sobald er aus der Tür war. »Gefällt er dir?«, fragte sie mich.

Ich sah sie erstaunt an: »Neee.«

Sie beugte sich über den Tisch und flüsterte: »Mir auch nicht.« Danach widmete sie sich wieder ihrem Bleistift. »Sagst du mir, wie du heißt?«

»Frieda.«

»Gut, Frieda. Ich bin Katja.« Sie gab etwas in den Computer ein. »Der braucht noch länger zum Hochfahren als …« Sie warf einen Blick zur Tür. Endlich war der Computer so weit. »So. Und jetzt erzähl mir mal, was du nachts um drei in einem geschlossenen Café zu suchen hast.«

Ich überlegte noch, was ich am besten antworten sollte, als erneut die Tür geöffnet wurde.

»Da ist wer«, knurrte der Polizist, der so lange zum Hochfahren brauchte.

Die Polizistin knipste wieder ihr Lächeln an: »Sagen Sie mir auch, wer es ist – oder bleibt das Ihr Geheimnis?«

»Der Besitzer vom Café – sagt er. Hat 'ne junge Frau dabei – schwarz, mit grünen Haaren.«

»Immer rein damit!«

Der Polizist trat zur Seite und Kai und Nelly kamen durch die Tür. Ich sah noch, wie Nelly mir mit den Augen ein Zeichen machte, das ich nicht verstand, da kam Kai schon auf mich zu und sagte »Mensch, Frieda, was machst du denn für Sachen?«, als würden wir uns seit Jahren kennen.

Da ich nicht wusste, was ich sagen sollte, sagte ich erst mal nichts. Schien sowieso das Beste zu sein. Ich saß also einfach da und versuchte, möglichst betroffen auszusehen.

»Es tut mir wirklich leid, Ihnen solche Umstände bereitet zu haben«, wandte sich Kai an die Polizistin, »aber ich denke, das ist alles ein großes Missverständnis.«

Die Polizistin lehnte sich in ihrem Stuhl zurück und verschränkte die Arme vor der Brust, was mit der Schussweste an gar nicht so einfach war: »Ich bin ganz Ohr.«

»Die Sache ist nämlich die«, fing Kai an und dann erklärte er ihr, dass ich Nellys beste Freundin sei, und zwar schon, seit wir uns als Babys dieselbe Milchflasche geteilt hätten. Inzwischen lebte ich in München, sei aber gerade für zwei Wochen zu Besuch. Heute Nachmittag hätte ich mich nicht wohlgefühlt, deshalb hatte Kai selbst mir den Schlüssel für sein Büro gegeben – damit ich mich etwas hinlegen konnte. Nelly sollte mich später wieder abholen und mit mir nach Hause gehen. Kai hatte lange gearbeitet und war zu Hause sofort ins Bett gegangen – in dem sicheren Glauben, dass Nelly und ich längst im Bett lagen. Nelly aber hatte mich einfach schlafen lassen und sich stattdessen heimlich mit ihrem Freund getroffen.

»Mädchen in der Pubertät …« Kai schickte der Polizistin ein Herzensbrecherlächeln. »Nichts als bunte Knete im Kopf.«

Jedenfalls: Bis ich wieder wach wurde, war es offenbar schon sehr spät, und aus welchem Grund auch immer, hatte ich entschieden, nicht mehr nach Hause zu gehen, sondern dort zu bleiben. Natürlich hatte ich einen Bärenhunger. Kai hatte mir erklärt, dass der zweite Schlüssel zur Hintertür des Cafés gehörte,

192

hatte aber vergessen, mich von den Bewegungsmeldern und der Alarmanlage in Kenntnis zu setzen.

»Genau genommen liegt also gar keine Straftat vor, sondern …« – er senkte die Stimme und schaute der Polizistin tief in die Augen – »lediglich ein harmloses Missverständnis.«

Während seiner Ausführungen hatte die Polizistin zuerst ihre Arme gelöst, sich anschließend immer weiter nach vorne gebeugt und schließlich ihre Schussweste ausgezogen. Sie versuchte, sich nichts anmerken zu lassen, doch sie las Kai jedes Wort von den Lippen ab. Hätte er noch drei Minuten länger gesprochen, wäre sie vornüber aus dem Stuhl gekippt.

Jetzt straffte sie den Oberkörper und sah mich an: »Frieda, was sagst du dazu?«

Ich versuchte, das Maximum aus meinem Betroffenheitsgesicht herauszuholen: »Ich hab mich so spät nicht mehr alleine durch den Park getraut.«

Es entstand eine ausgedehnte Pause, die von Kai beendet wurde: »Ich bitte Sie«, wandte er sich an die Polizistin, »können Sie nicht eine Ausnahme machen und dieses ganze bürokratische Prozedere …« – er träufelte ihr seine Worte praktisch ins Ohr – »unter den Tisch fallen lassen?«

Die Polizistin versuchte, ihre Autorität zu wahren, aber eigentlich hatte Kai sie längst in der Tasche. »Also …« Ihr Bleistift perforierte die Schreibunterlage. »In Anbetracht der Tatsache, dass es halb vier

Uhr morgens ist und meine Kollegen gleich mit zwei Kamikaze-Autodieben durch diese Tür kommen werden … Und weil sich der vermeintliche Einbruch als harmloses Missverständnis entpuppt hat und weil« – sie versuchte, ihren Computer zu etwas zu bewegen, von dem sie offenbar selbst nicht recht wusste, was es sein sollte – »weil dieser Computer offensichtlich ein kleines Nickerchen hält … halte ich es für vertretbar, angesichts der besonderen Situation auf das Hinzuziehen des Jugendnotdienstes zu verzichten und die Angelegenheit ad acta zu legen.«

Schweigen.

»Dann können wir jetzt gehen?«, fragte Nelly.

Die Polizistin sah Kai an: »So Sie wollen.«

Sie hielt uns die Bürotür auf. Ich ging als Letzte aus dem Zimmer. »Der würde mir schon eher gefallen«, flüsterte sie zum Abschied.

Im Auto, auf dem Weg zu Kai und Nelly, war dann wieder die Wahrheit gefragt, die reine Wahrheit und nichts als die Wahrheit. Dass ich von zu Hause abgehauen war und Nelly mir den Schlüssel für das Büro gegeben hatte – das hatte Nelly ihrem Vater schon auf der Fahrt zum Präsidium gebeichtet. Jetzt war ich an der Reihe.

»Ich hatte so dollen Hunger«, erklärte ich und berichtete von der geklauten Tasche und dass ich kein Geld mehr hatte. Dabei hatte ich schon das Ticket nach München gekauft und am Nachmittag zurückfahren wollen – weil ich doch meinen Vater nicht gefunden hatte.

»Du suchst deinen Vater?«, fragte Kai.

»Deshalb bin ich doch überhaupt nach Berlin gekommen.«

Ich erzählte von den Namenslisten und dass ich überall gewesen war – ohne Erfolg.

»Carlos Simon?«, fragte Kai, als ich den Namen erwähnte. »Dein Vater heißt Carlos Simon?«

»Sagt meine Mutter. Aber wahrscheinlich stimmt es gar nicht.«

Kai machte ein nachdenkliches Gesicht und schwieg die nächsten vier Ampeln. Dann fuhr er plötzlich rechts ran.

»Was issn jetzt?«, fragte Nelly.

Kai drehte sich zu mir um: »Ich denke, du hast Hunger.«

»Ja?«, sagte ich. »Ich meine: Ja, hab ich. Und wie!«

Er deutete mit dem Kopf aus dem Fenster. Wir standen vor einem *McDonald's*.

»Mit oder ohne Käse?«

»Mit«, sagte ich. »Und danke.«

»Nelly?«

»Mann Paps, du weißt genau, dass ich diesen Imperialistenfraß nicht esse.«

»Man muss auch mal auf ein Opfer verzichten können«, sagte Kai.

195

»Ist kein Opfer«, entgegnete Nelly.

»Ich sag es auch nicht weiter.«

Nelly verzog den Mund: »'ne Pommes, klein, ohne alles.«

»Auch ohne Tüte?«, fragte Kai.

»Mann Paps«, raunte Nelly nur.

Kai stieg aus. Jetzt, nachdem die ganze Aufregung vorbei war, war ich plötzlich müde wie ein Stein.

»Ich weiß, was du gemeint hast, als du das mit dem Schatten gesagt hast«, murmelte ich, »aber ich finde deinen Vater trotzdem große Klasse.«

Nelly verzog nur wieder den Mund. Diesmal allerdings zu einem Lächeln.

Ich soll noch zweimal von meinem Burger abgebissen haben, aber davon weiß ich nichts mehr. Genauso wenig wie davon, dass Kai mich in die Wohnung hochtrug, in Nellys Zimmer auf die Besuchermatratze legte, mir die Schuhe auszog und mich zudeckte.

VIERTER TAG

1

Nelly hatte einen Wecker, der kein bisschen zu ihrem Grufti-Punk-Outfit passte: ein rosa Plastikmonstrum mit einem Katzenkopf und einer goldenen Tatze an der Seite, die im Sekundentakt winkte. Der pure Kitsch. Sogar für mich. Und ich stehe auf Rosa. Die winkende Pfote war das Erste, was ich sah, als ich am Morgen aufwachte. Dann erst sah ich die Uhrzeit: Viertel vor elf.

Ich war allein in der Wohnung. Natürlich. Kai war längst im Café und Nelly seit Stunden in der Schule. Auf dem Küchentisch lagen, sorgfältig übereinandergestapelt, ein paar schwarze Socken, ein schwarzer Stringtanga (so etwas hatte ich noch nie getragen), ein paar Shorts und ein T-Shirt, ebenfalls schwarz. Auf dem Stapel lag ein Zettel:

Willkommen auf der
dunklen Seite der Macht
Bis später
Nelly

Neben dem schwarzen Stapel lag ein weißes Handtuch. Ebenfalls mit einem Zettel:

*Die Dusche ist am Ende des Flurs,
und wo Du ein Sandwich bekommst,
weißt Du ja.
Kai*

Außerdem lag der Wohnungsschlüssel auf dem Zettel.

Ich war total gerührt. Nelly und Kai hätten allen Grund gehabt, sauer auf mich zu sein. Doch statt mich vor die Tür zu setzen, gaben sie mir das Gefühl, willkommen zu sein. Ich sah aus dem Fenster. Das einzig Graue war das Fenster selbst. Ansonsten: blauer Himmel und dreißig Grad. Der Sommer wollte einfach nicht aufhören. Ich duschte mich und zog Nellys Klamotten an. Zehn Minuten später hatte ich mich in einen Pudel im Straßenköterkostüm verwandelt. Ich dachte, jeder auf der Straße müsste sehen, dass ich einen String trug. Am liebsten hätte ich mir das T-Shirt bis in die Kniekehle gezogen. Aber irgendwie fühlte es sich auch cool an und schließlich gab ich es auf, zumal das T-Shirt oberhalb meines Bauchnabels schon aufhörte.

»Hier wartet was auf dich«, empfing mich Kai, schmunzelte über mein Outfit und brachte mir auf einem Tablett das Sandwich von letzter Nacht.

Er setzte sich mir gegenüber unter den Baldachin und schaute mir dabei zu, wie ich versuchte, das Sandwich zu essen.

»Vielen Dank«, brachte ich zwischen zwei Bissen hervor. »Das ist wirklich nett von Ihnen. Ich …« Ich nahm noch einen Bissen. Als müsste ich kauen, um denken zu können. »Spätestens heute Abend fahre ich wieder, dann brauchen Sie sich wegen mir keine Gedanken mehr zu machen.« Ich legte die Schlüssel auf den Tisch und lächelte traurig.

Kai ließ den Bund mit den Schlüsseln für sein Büro vor sich liegen, den für die Wohnung schob er mir zurück. »Behalt den mal noch. Wir müssen ja nichts überstürzen.« Dann griff er in seine Hosentasche und legte sein Handy auf den Tisch. »Allerdings erwarte ich von dir, dass du deine Mutter anrufst. Und zwar jetzt.«

Ich schob das Baguette beiseite und starrte das Handy an wie einen Blutegel. »Muss ich wirklich?«

Kai zog nur eine Augenbraue hoch. Es war also wieder so weit: die Wahrheit, die reine Wahrheit und so weiter.

Mama war zu Hause. Um halb elf war sie gelandet, seitdem lief sie durch die Wohnung wie ein Tiger im Käfig. »Um Gottes willen, Frieda! Ich hab ungefähr hundert Mal versucht, dich zu erreichen! Wann warst du denn das letzte Mal zu Hause? Das Katzenklo sieht au…«

»Bitte, Mama, reg dich nicht auf. Ich erklär dir alles, wenn ich zurück bin …«

»ZURÜCK!? Wo um alles in der Welt bist du denn?«

»Mama, bitte, es geht mir gut. Ich bin in Berlin …«

»In BERLIN!? Wie kommst du denn … Nimmst du etwa Drogen!?«

Es dauerte bestimmt fünf Minuten, bis ich ihren Puls wieder auf unter 180 gebracht hatte. Dann übergab ich an Kai, der noch einmal fünf Minuten auf sie einredete. Er versicherte ihr, dass er mich spätestens morgen in den Zug nach München setzen und so lange ein wachsames Auge auf mich haben würde. Danach klang Mama wie weichgespült.

»Du machst vielleicht Sachen«, sagte sie zum Abschied mit stockender Stimme. »Mein großes, großes Mädchen …«

»Schon wieder danke«, sagte ich, als ich Kai das Handy zurückgab. Mein Sandwich hatte sich inzwischen in seine Einzelteile aufgelöst.

Kai schmunzelte: »Hab mich schon gefragt, wie das jemand essen soll. Ich dachte, wenn du es schaffst, nehme ich es auf die Karte und nenne es ›Nachts um Viertel vor drei‹. Ist doch ein guter Name für ein Sandwich, oder?«

»Aber ich schaffe es nicht«, antwortete ich.

»Vielleicht nehme ich es ja trotzdem auf die Karte.« Er stieß den Zeigefinger in den Schlüsselring und ließ die Schlüssel um seinen Finger rotieren. »Ich wollte dich noch etwas fragen. Sag mal: Du bist also wirklich auf der Suche nach deinem Vater …?«

»War.«

Er sah mich an, als hätte ich ihn bei etwas unter-
brochen.

»*War* auf der Suche«, erklärte ich.

»Weißt du denn noch mehr als den Namen?«

Ich wischte mir mit der Serviette den Ketchup aus
den Mundwinkeln. »Er soll Musiker gewesen sein, in
einer Band … Aber das sind alles nur Vermutungen.
Ich glaub, ich hab mich da total in was verrannt …«

»Sonst noch was?«

»Nicht wirklich.«

Kai stand auf und steckte nachdenklich den Schlüssel ein. »Klingt auf jeden Fall so«, sagte er.

»Wie bitte?«

»Als hättest du dich in etwas verrannt«, erklärte er
und ging ins Café ohne ein weiteres Wort.

2

Um halb drei saß ich im Café und wartete auf Nelly und Jonas – wie gestern, als ich hatte mit ansehen müssen, wie sie sich vorne an der Kreuzung in den Armen gelegen und abgeknutscht hatten. Ich fragte mich, ob Jonas überhaupt kommen würde, nachdem ich ihn letzte Nacht vor die Tür gesetzt hatte. Und ob ich überhaupt wollte, dass er kam. Einerseits wollte ich ihn überhaupt nie wiedersehen, auf der anderen Seite verzehrte ich mich danach. Außerdem war ich natürlich neugierig, ob er wirklich etwas über meinen Vater herausgefunden hatte.

Das Café war gut besucht. Draußen waren alle Tische besetzt, deshalb suchte ich mir einen Platz im Durchgang, gegenüber der Theke, halb drin und halb draußen. Die Stimmung war sehr friedlich. Die Hitze der letzten Tage hatte alles langsamer werden lassen. Die Gäste schienen sehr viel Zeit zu haben. Nur ich kratzte mich schon wieder am Arm und blickte nervös die Straße runter.

Und dann kam er. Auf seinem Skateboard. Wie gestern. Nur ohne Nelly. Mein Herz begann zu flattern. Ich wollte mich in Luft auflösen und gleichzeitig aufspringen und »Hier!« rufen. Sein Blick traf mich und dann … geschah nichts. Einfach nichts. Statt mich zu grüßen oder auch nur »Blöde Zicke« zu sagen, ging er einfach an mir vorbei ins Café. Als würde er mich gar nicht kennen! Dabei hatte er mich gesehen, hundertprozentig! Er sprach kurz mit Kai, danach warf er sein Skateboard in die Luft, nahm Anlauf, sprang drauf und rollte um die Ecke. Und das alles, ohne mir auch nur einen Blick zuzuwerfen.

Mir stiegen die Tränen auf. So viel wie in den letzten Tagen hatte ich seit Jahren nicht geheult. Diesmal aber konnte ich sie zurückhalten. Ich wollte weglaufen. Auch nichts Neues. Mein Systemfehler, wie Nelly es genannt hatte. Doch wo sollte ich hin – ohne Geld, ohne Handy und ohne Ausweis? So saß ich da, fühlte mich elend und dachte, dass ich irgendwie auch nichts anderes verdient hatte.

Bis Nelly kam. Ich wäre gerne nett zu ihr gewesen, aber nach Jonas' Showeinlage war ich so neben der Spur, dass ich nicht einmal ein einfaches »Hallo« zustande brachte. Stattdessen wollte ich ihr ins Gesicht schreien: »Ich bin verliebt! Zum ersten Mal in meinem Leben richtig verliebt! Und zwar IN DEINEN FREUND!«

»Schlechte Neuigkeiten?«, fragte Nelly, nachdem sie mich eingehend betrachtet hatte.

Und ob, dachte ich. Dein Freund hat letzte Nacht versucht, mich zu küssen. »Wieso?«

»Du siehst irgendwie … mitgenommen aus«, stellte Nelly fest.

»Ist nur wegen meinem Vater«, log ich.

»Wieso – was ist mit ihm?«

»Ich hab es aufgegeben«, sagte ich. »Das falsche Ziel.« Und weil ich nicht die Kraft für Erklärungen hatte, fügte ich hinzu: »Wer kein Ziel hat, für den ist kein Weg der richtige.«

Nelly drehte ihr Nasenpiercing von rechts nach links und wieder zurück. »Von wem hast'n den Scheiß?«

»Weiß nicht mehr – Konfuzius, glaube ich.«

»Ach, und der hat neuerdings immer recht, ja?«

Ich war aus den Gedanken gerissen: »Wie meinst'n das?«

»Na, Konfuzius ist doch 'ne total arme Sau. Weißt du, was der noch gesagt hat? ›Ist der Weg im Voraus festgelegt, so weicht man nicht von ihm ab.‹ Total der Kontrollfreak. Als dürfte man im Leben nur ja keine Fehler machen und bloß nie vom Weg abkommen. Da kann ich nur sagen: Ist das Leben im Voraus festgelegt, geht es mir am Arsch vorbei.« Nelly schnippte gegen ihr Unterlippenpiercing, das ein helles, metallisches Pling von sich gab. »Aber er hat auch was Schlaues gesagt, der alte Konfuzius.«

»Nämlich?«

»Wer alles glaubt, was er liest, sollte besser aufhören zu lesen.« Sie lachte mich an. »Du kannst deinen Konfuzius also getrost in die Tonne treten. Es
muss nicht alles stimmen, bloß weil es jemand Schlaues gesagt hat.«

Das gefiel mir. Ich überlegte, ob ich mir Nellys
Spruch als neuen Leitspruch nehmen sollte: ›Es muss
nicht alles stimmen, bloß weil es jemand Schlaues
gesagt hat.‹ Und dann dachte ich, dass es vielleicht an
sich schon gar nicht so schlau war, einen Leitspruch
zu haben, weil man dem dann irgendwie alles unter-
ordnete. Vielleicht brauchte man so was gar nicht.
Nelly auf jeden Fall kam prima ohne aus. Nur war ich
nicht Nelly. Ich weiß nicht, warum, aber als Nächstes
musste ich an Frau Trenner denken, meine Biolehrerin – wie sie uns erklärt hat, dass der Mensch immer
nur sieht, was er zu sehen glaubt. Und dass man sich
nie zu sicher sein sollte, dass das, was man sieht, auch
wirklich das *ist*, was man sieht.

Es kam mir so vor, als liege in all dem Konfuzius
und dem Schein und Sein und den vertrackten Gedanken ein geheimer Sinn verborgen. Als würde sich,
wenn ich alles richtig zusammensetzte, das Rätsel von
alleine lösen. Doch wie immer, wenn es kompliziert
wird, fühlte ich mich der Aufgabe nicht gewachsen. Je
mehr ich über Konfuzius nachdachte, umso konfuser
wurde ich. Vielleicht sollte er Konfusius heißen, dachte ich, nicht Konfuzius.

Dann sagte jemand: »Sag mal: Der Jonas, was issn der so für ein Typ? Ich meine: Würde der mit einer anderen rummachen?«

Ich sah Nelly an. Sie hatte es nicht gesagt. Und weil außer uns beiden niemand am Tisch saß, musste ich selbst es gewesen sein.

Nelly hörte auf, mit ihren Piercings zu spielen. »Jonas?« Sie war genauso überrascht wie ich. »Kann ich mir nicht vorstellen. Der is 'ne treue Seele.«

Wenn du wüsstest, dachte ich.

Und dann stand er plötzlich vor uns – als hätte ich ihn mit meiner Frage herbeigerufen wie einen Flaschengeist. Mein Herz klopfte so heftig, dass es mir gleich aus der Brust springen und über den Tisch zucken würde. Sein Skateboard hatte er nicht mehr dabei, dafür einen Laptop. Und er hatte sich umgezogen – anderes T-Shirt, andere Shorts, andere Schuhe.

»Hi, Frieda«, sagte er und lächelte schüchtern. Ich glaube, er wurde sogar rot.

Ich verstand noch weniger als in Mathe und Latein zusammen. Hatte er mich etwa vorhin übersehen? Aber wir hatten uns doch in die Augen geblickt!

Er setzte sich und klappte seinen Laptop auf. Vor Nervosität wippte sein Bein auf und ab: »Ich muss dir unbedingt was zeigen.«

Kai hatte WLAN im Café. Jonas klickte sich ins Internet und stellte den Laptop so, dass wir alle den Bildschirm sehen konnten.

208

»Ich hab zwei Carlos Simons gefunden, die theoretisch infrage kommen«, sagte er. »Das hier ist der eine.«

Er rief die Website von Juan Carlos Simon García auf, eines Künstlers, der in Südspanien lebte. Von seinen Bildern war eins düsterer als das andere. Irgendwie erinnerten sie mich an Nellys Musik.

»Sieh an«, sagte Nelly, »ein richtiger Don Juan.«

»Der soll mein Vater sein?«, fragte ich.

»Wie kann jemand in so einer Umgebung bloß so depressive Bilder malen?«, fragte Nelly.

Dass die Bilder mich an ihre Musik erinnerten, behielt ich lieber für mich.

»Nein«, sagte Jonas. »Der hier ist es nicht. Ich habe ihm gemailt. Er hasst Deutschland, behauptet, nie in München gewesen zu sein, und hält E-Gitarren für das Ende der Menschheit.«

»Und wozu ziehen wir uns denn Scheiß dann überhaupt rein?«, fragte Nelly.

»Um es spannend zu machen«, sagte Jonas und schickte mir sein schiefes Lächeln. »Aber da ich sehe, dass euer Sinn für Dramaturgie eher dürftig ausgeprägt ist …« – er rief eine andere Seite auf und sah mich an – »hier: Ich hoffe, du bist nicht enttäuscht.«

Ich starrte auf den Bildschirm: Carlos Ingrazio Simon, Fußballschiedsrichter, geboren am 12. 10. 1966 in Rio Cuarto (Argentinien), pfeift für die FIFA.

Nelly las den Informationstext vom Bildschirm ab: »›Von seinen Kollegen wird er ›der Deputy‹ genannt, weil er seine Entscheidungen und Aktionen mit zum Teil theatralischen Bewegungen in der Art eines waffenziehenden Westernhelden versieht.‹ Ein Möchtegerncowboy mit Trillerpfeife?!«

Ich sah mir das dazugehörige Foto an: ein Mann in schwarzer Montur, mit Pfeife im Mund, der sich über einen am Boden kauernden Spieler beugte, als hätte er ihn eigenhändig erlegt. Das sollte mein Vater sein? Ein argentinischer Fußballschiedsrichter, der sich für einen Westernhelden hielt?

»Wie kommst du darauf, dass ausgerechnet *der* mein Vater ist?«, wollte ich wissen.

Jonas klickte einen Button an: »Hier, seine Hobbys: Lesen, Sport und – Achtung, jetzt wird's spannend – Gitarre spielen.«

»Viel ist das ja noch nicht«, meinte Nelly.

Jonas lächelte: »Abwarten.«

Er hatte ihm eine E-Mail geschrieben, sich für einen Fan ausgegeben und ihn um biografisches Material für eine Schiedsrichter-Website gebeten. Die Antwort kam vor einer Stunde. 1992 war Carlos Ingrazio Simon in Europa, um als Journalist über die WM in Italien zu berichten.

»Du meinst, Friedas Mutter hat München mit Mailand verwechselt?«, fragte Nelly.

»Wenn deine Beine so schnell wären wie deine

Zunge«, entgegnete Jonas, »dann könnten wir dich zur Olympiade anmelden.«

Er öffnete sein E-Mail-Programm und zeigte uns die Antwort des Schiedsrichters, mindestens fünf Seiten Text, eine Biografie, die nicht das kleinste Detail ausließ.

»Die ersten Seiten könnt ihr vergessen«, sagte Jonas und scrollte nach unten. »Kindheit, Schule, Eltern, Fußballvereine … laber, schwätz, fasel, schnarch. Hier wird's interessant: Nach der WM 92 war er auf Rundreise durch Europa und hat verschiedene Metropolen besucht, unter anderem Barcelona, London und München.«

»Seit wann issn München 'ne Metropole?«, fragte Nelly.

Jonas überging ihre Bemerkung und sah mich an: »Es passt haargenau: Ende Oktober 92 war er in München, August 93 bist du geboren – Carlos Simon, ein hübscher, junger Journalist mit schwarzen Augen und einer Gitarre unter dem Arm. Und groß ist er außerdem, eins dreiundneunzig.«

Ich wusste nicht, was ich sagen sollte. Ich hatte erwartet, in Jubel auszubrechen, wenn ich meinen Vater wirklich finden würde. Stattdessen fühlte ich mich wie am Rand eines Kraters.

»Kannst du mir das Bild noch mal zeigen?«

Jonas klickte das entsprechende Fenster nach vorne. Was für ein albernes Rumgepose von diesem Carlos

Ingrazio Simon. Tochtergefühle stellten sich da nicht ein. Wollte ich so einen? Wollte ich überhaupt *wirklich* wissen, wer mein Vater war? Oder war ich mein ganzes Leben nur einer Sehnsucht hinterhergerannt? Hier stand, er war verheiratet, hatte drei Kinder. Vermutlich war er nicht besonders scharf auf eine zusätzliche Tochter. Auf der anderen Seite: Er war mein Vater. Hatte er nicht sogar ein Recht darauf zu erfahren, dass er noch eine Tochter hatte? Hatte ich nicht sogar die Pflicht, es ihm zu sagen? Oh Mann, vor vier Tagen war alles noch ganz einfach: Klein Frieda fährt nach Berlin, findet ihren Vater und alle sind glücklich. So hatte ich mir das gedacht. Und jetzt? Hatte ich einen Vater und alles war furchtbar kompliziert.

»Aber meine Mutter hat doch gesagt, dass er in einer Band gespielt hat«, sagte ich.

»Darüber habe ich auch schon nachgedacht …« Jonas zögerte. »Ich glaube, die Antwort ist ziemlich … naheliegend.«

»Spuck's schon aus«, sagte Nelly. »Sonst müssen *dein* Sinn für Dramaturgie und *mein* Verständnis von Geduld demnächst ein Konfliktlösungsseminar besuchen.«

Jonas sah mich an: »Überleg doch mal: Wen hättest du lieber als Vater für deine Tochter? Einen Fußballschiedsrichter, der auf dem Platz den Torero raushängen lässt, oder einen coolen Gitarristen mit einer eigenen Band?«

»Du meinst, meine Mutter hat sich das mit der Band nur ausgedacht?«, fragte ich verunsichert.

»Ich meine, sie wollte, dass du einen tollen Vater hast, einen, zu dem du aufsehen kannst – wenn du schon ohne ihn aufwachsen musst. Vielleicht hat er ihr ja auch was vorgeklampft. Und das mit dem Hotel kommt auch hin. Wer weiß: Vielleicht haben sie sich ja sogar bei einem Konzert kennengelernt. Aber das mit dem Gitarristen …«

»Klarer Fall von hingewünscht«, sagte Nelly.

»Da könnte sie sich ja auch gleich *alles* ausgedacht haben«, sagte ich.

Jonas blickte die Straße runter: »Is 'ne Möglichkeit …«

Ich kam mir vor, als würde mir jemand die Luft aus den Lungen saugen. Sollte Mama das tatsächlich alles nur erfunden haben? Das würde auf jeden Fall erklären, weshalb sie mir immer nur so vage davon erzählt hatte. Das Konzert, die Band, dass sie im Telefonbuch nach einem Carlos Simon gesucht hatte – alles erstunken und erlogen? Wenn das stimmte, dann war mein Vorhaben von der ersten Minute an zum Scheitern verurteilt gewesen.

»Du meinst, der ist es auch nicht?«, fragte ich.

»Doch«, sagte Jonas. »Ich glaube, der ist es.«

»Sieht verdammt so aus.« Nelly sah mich an. »Auch wenn du für meine Begriffe so brasilianisch aussiehst wie ein Döner.«

»Viele Brasilianer sind genauso blond und hellhäutig wie Mitteleuropäer«, sagte Jonas.

Ich blickte Hilfe suchend in die Runde: »Und was mach ich jetzt?«

Nelly ließ ihr Dornenpiercing kreisen. Langsam kam mir das wie ein Orakel vor. »Wie spät isses in Brasilien?«, fragte sie.

Jonas gab etwas in den Computer ein: »Gibt mehrere Zeitzonen. In Rio ist es zehn vor zwölf.«

»Wie sieht's mit 'ner Telefonnummer aus?«

Er öffnete die E-Mail und deutete auf den Monitor: »Adresse, E-Mail, Geburtsdatum, zwei Telefonnummern, Website … Alles bis auf die Blutwerte.«

In dem Moment kam Kai an unseren Tisch und fragte, ob wir etwas von dem Pflaumenkuchen wollten, den er gerade gebacken hatte.

»Paps«, sagte Nelly und klang sehr entschlossen, »wir brauchen das Festnetz-Telefon.«

Kai zog verwundert eine Augenbraue in die Höhe.

»Wir haben Friedas Vater gefunden«, verkündete Jonas stolz.

»Jonas hat ihn gefunden«, präzisierte Nelly. »Und jetzt wollen wir ihn anrufen.«

»Ihr habt Friedas Vater gefunden?«, fragte Kai ungläubig.

»Mann Paps, seit wann arbeitet dein Gehirn in Slow Motion? Du erinnerst dich? Frieda – das Mädchen, das da sitzt – sucht ihren Vater. Jonas – das ist der hübsche junge Mann hier – hat ihn gefunden. Können wir jetzt das Telefon haben?«

Kai war wie vor den Kopf gestoßen: »Seid ihr sicher?«

»Zeig's ihm«, sagte Nelly zu Jonas.

Jonas zeigte Kai die Internetseiten und die E-Mail und erklärte ihm alles, was er zuvor uns erklärt hatte.

Kai kratzte sich an der Wange, als hätte er einen Bart. Dann sah er mich an: »So richtig glücklich siehst du ja nicht aus.«

Statt zu antworten, zog ich die Schultern hoch.

Kai ging in die Küche, um uns Pflaumenkuchen zu bringen, Nelly hinter die Theke, um das Telefon zu holen. Kaum war sie aufgestanden, spürte ich, wie sich unter dem Tisch eine Hand auf meinen Oberschenkel legte. Jonas' Hand! Ich wollte sie wegschieben, mich daran festklammern, ihn anschreien und gleichzeitig küssen. In Wirklichkeit aber tat ich nichts von alledem, sondern wurde nur steif wie eine Puppe.

Nelly kam zurück. »Vorwahl nicht vergessen …«, sagte sie und legte das Telefon auf den Tisch.

Jonas' Hand lag immer noch auf meinem Oberschenkel. Hilfe, dachte ich, Hilfe!!! Warum holt mich niemand hier raus?!

»Ich muss mal eben aufs Klo«, stieß ich hervor, sprang von meinem Stuhl auf und rannte auf die Toilette.

Dort schloss ich mich in eine Kabine ein, lehnte

mich mit dem Rücken gegen die Tür und schloss die Augen. Das war zu viel. Niemand konnte von mir erwarten, dass ich das überlebte. Ich schlug mit dem Hinterkopf gegen die Tür. Zweimal. Und dann noch mal. Und dann noch ungefähr zehnmal. Danach tat mir der Kopf weh. Ich schrie »AAAaaarrrghhh!«, schloss die Tür auf und ging zurück zu den anderen.

Ich wusste nicht, wie viel Zeit ich auf der Toilette zugebracht hatte, aber es musste ziemlich viel gewesen sein, denn als ich zurückkam, hatte Jonas sein Skateboard geholt und das weiße T-Shirt wieder gegen das blaue getauscht. Er stand seitlich hinter Nelly, beugte sich über ihre Schulter und küsste sie. Es traf mich wie ein Stromschlag. Eben noch lag seine Hand auf meinem Oberschenkel! Irgendeiner musste hier verrückt sein: er, ich oder Nelly. Oder alle drei zusammen. Und das musste ich herausfinden, und zwar SOFORT! Sonst würde ich auf der Stelle durchdrehen.

»Seid ihr jetzt zusammen oder nicht?«, zischte ich mit aufeinandergebissenen Zähnen.

Jonas richtete sich auf. Nelly und er sahen erst mich an, dann einander, dann wieder mich. »Was dagegen?«, fragte Nelly.

Jonas blickte mich an, als hätte er keine Ahnung, wovon ich redete. Irgendetwas stimmte hier nicht, stimmte ganz und gar nicht. Aber ich wusste nicht …

Was war denn plötzlich mit ihm los? Sogar sein Blick war auf einmal ganz anders. Als sei ich ihm völlig fremd. Er konnte doch nicht von einer Sekunde auf die andere … Überhaupt schien er mir auf merkwürdige Weise verändert. Die Haare! Irgendwie waren die Haare anders. Okay, das war's. Ich war verrückt. Die einzig logische Antwort. Nicht Nelly und auch nicht Jonas. *Ich* war's. Verrückt. Reif für die Klapse.

»Ist was nicht in Ordnung?«, fragte eine Stimme hinter mir.

Ich fuhr herum, bereit für entweder einen Tobsuchts- oder einen Ohnmachtsanfall, und dann stand Jonas vor mir, mit demselben Lächeln und demselben Leuchten in den Augen wie zuvor, und ich schrie »Aaah!« und zuckte zurück, drehte mich im Kreis und sah wieder Jonas, wie er hinter Nelly stand.

»Darf ich vorstellen«, sagte Nelly und ich schrie noch einmal »Aah!«, rotierte wie ein Kreisel, sah Jonas' Gesicht vor mir, das einen besorgten Ausdruck angenommen hatte, dann wieder Nelly und Jonas nebeneinander.

»Das ist Felix«, sagte Nelly, und wie durch einen Nebel: »Du wirst ja ganz weiß!«

Jemand versuchte noch, mich aufzufangen – bitte lass es Jonas sein, dachte ich –, Nelly rief »Scheiße Mann, die wird ohnmächtig!«, und dann spürte ich nichts mehr.

217

Es gab also zwei Jonasse. Eigentlich ganz einfach. Der eine hieß Jonas und fand mich genauso süß wie ich ihn, der andere hieß Felix, war sein Zwilling und seit einem halben Jahr mit Nelly zusammen.

Aber als ich wieder zu mir kam – auf dem Boden von Kais Café –, wusste ich das noch nicht. Ich sah nur Stühle und Tische über mir und das Gesicht von Jonas, einmal rechts und einmal links. Der endgültige Beweis, dass ich verrückt war.

»AAhhh!«, rief ich.

Am liebsten wäre ich sofort wieder ohnmächtig geworden, so sehr schämte ich mich. Stattdessen war es mal wieder Zeit für die Wahrheit und so weiter, also erklärte ich mein merkwürdiges Verhalten, weil ich doch sicher gewesen war, Jonas gesehen zu haben, wie er Nelly geküsst hatte, gestern, da vorne auf dem Bürgersteig, und ich doch keine Ahnung davon gehabt hatte, dass es einen Zwillingsbruder gab, weshalb ich Jonas letzte Nacht – na ja, war ja auch egal –, jedenfalls hatte ich gedacht, Jonas wäre mit Nelly zusammen, und das passte alles überhaupt nicht zu dem Rest, und dann noch mein Vater, den ich nicht gefunden hatte und jetzt aber doch, aber der irgendwie nicht der war, den ich mir erhofft hatte, und können wir nicht bitte heute einfach noch mal alle an den See fahren, denn morgen muss ich zurück nach München, Kai hat es meiner Mutter versprochen, und wie ich das überleben soll, weiß ich auch noch nicht, also lasst

218

uns bitte, bitte, bitte ein letztes Mal an den See fahren und so tun, als gebe es kein Morgen.

Als ich fertig war, merkte ich, dass Jonas, der echte Jonas, schon die ganze Zeit meine Hand hielt. Wir saßen zu viert um den Tisch. Kai hatte mir ein Wasser gebracht und sich erkundigt, ob ich auch wirklich wieder im Vollbesitz meiner körperlichen und geistigen Kräfte sei.

»Du bist mir ja'n Herzchen«, sagte Nelly.

Felix schmunzelte nur.

Jonas sah mich sorgenvoll an: »Und dein Vater?«

»Ich weiß, wie er heißt und wo er wohnt, ich habe alles außer seinen Blutwerten, den Rest überleg ich mir am See. Oder morgen. Oder überhaupt nicht.«

»Na dann los«, sagte Nelly.

3

Jonas und ich fuhren mit dem Fahrrad, Nelly mit den Blades, Felix mit dem Skateboard. Jonas konnte übrigens gar kein Skateboard fahren. Er und Felix waren sowieso viel unterschiedlicher, als sie aussahen. Felix war der Überflieger: Sportskanone, Bewegungstalent und Mathe-Ass. Jonas bekam Kopfschmerzen, sobald er mehr als zwei Zahlen addieren sollte. Dafür wusste er alles über die Griechen, Römer und Kelten. Das machte ihn mir noch symphatischer. Nicht dass ich mich für die Kelten interessiert hätte, aber zu Nelly passte ein Überflieger viel besser als zu mir.

Am See war nicht viel los. Bis wir eintrafen, war es fast schon fünf. Außerdem hatte die Schule wieder angefangen. Nur vereinzelt lagen noch Leute auf der Wiese. Es war noch schöner als beim ersten Mal. Schöner und schlimmer. Denn es war das letzte Mal. Vielleicht für immer.

Als Jonas und ich auf den See hinausschwammen, schwiegen wir. Er tauchte auch nicht unter oder alberte herum. Dafür hielten wir irgendwann gleichzeitig inne und sahen uns an – als hätten wir unser

Ziel erreicht. Als wären wir nur losgeschwommen, um an diesen einen Punkt im See zu gelangen, der durch nichts markiert war. Die Sonne verschwand gerade hinter dem kleinen Schlösschen auf der anderen Seite. Ich spürte Jonas' Hand, die nach meiner griff, und dann berührten sich unsere Körper im Wasser und wir küssten uns und ich bekam am ganzen Körper eine Gänsehaut. Und morgen würde alles vorbei sein. Wo es doch noch gar nicht richtig angefangen hatte: Jonas, mein Vater, Nelly – mein ganzes Leben irgendwie.

Als die Sonne bereits untergegangen und am Horizont nur noch ein blasser bläulicher Streifen zu sehen war, ging ich ans Ende des Stegs und setzte mich. Meine Zehen berührten so eben das Wasser. Jonas blieb auf der Wiese. Er spürte, dass ich allein sein wollte. Was für ein toller Typ! Endlich mal einer, dem man nicht alles erklären musste und der dann trotzdem nichts verstand.

Als außer mir niemand mehr auf dem Steg saß und am Himmel bereits die ersten Sterne funkelten, spürte ich doch noch Jonas' Schritte auf dem Steg.

»Wir müssen«, sagte er und legte seine Hand auf meine Schulter.

»Ich will nicht.«

»Wir müssen trotzdem.«

»Ich will trotzdem nicht.«

Nelly und Felix waren bereits gegangen, ohne dass ich etwas davon mitbekommen hätte. Schweigend schoben Jonas und ich die Räder zur S-Bahn und stiegen in den Zug. Wir setzten uns nebeneinander, hielten uns an den Händen und starrten aus dem Fenster.

»Kannst du nicht länger bleiben?«, fragte Jonas.

Ich schüttelte den Kopf.

»Das ist ungerecht«, sagte er.

»Ja.«

Am Görlitzer Park stiegen wir aus. Endstation. Zumindest für uns. Jonas musste nach rechts, ich nach links.

»Sehen wir uns morgen noch mal?«, fragte er.

»Weiß nicht.«

Ich hatte noch nicht fertig gesprochen, da spürte ich seine Lippen auf meinen, und als ich die Augen öffnete und den Himmel sah, dachte ich, sämtliche Sterne müssten explodieren und wie ein Feuerwerk auf uns herabregnen.

Auf dem Weg in die Liegnitzer Straße kam mir Nelly auf ihren Blades entgegen. »Endlich!«, rief sie. »Wo steckst du denn so lange?«

Ich bekam sofort ein schlechtes Gewissen: »Entschuldige, ich …«

»Schon klar«, unterbrach sie mich. Und jetzt komm. Kai hat mich losgeschickt, dich zu suchen. Weiß auch

nicht, was der heute hat. Steht seit Stunden in der
Küche und kocht. Das macht er sonst nur, wenn irgendeine Trulla zu Besuch kommt und er will, dass sie
über Nacht bleibt.«

Mit schlechtem Gewissen stieg ich die Stufen hinauf. Bestimmt erwartete mich eine Moralpredigt.
Immerhin hatte Kai Mama versprochen, dass er ein
wachsames Auge auf mich haben würde, und jetzt
war es schon wieder halb elf. Bereits im zweiten
Stock konnten wir das Essen riechen – ein Geruch,
der sich überhaupt nicht mit einer Moralpredigt ver-
tragen wollte. Mir lief das Wasser im Mund zusammen.

Vor der Wohnungstür angekommen, hielt Nelly
die Nase in die Luft. »Wusst ich's doch«, sagte sie
ernst.

»Was denn?«, fragte ich besorgt.

»Coq au vin. Und Marihuana.«

Kai kam uns im Flur entgegen. Ich fand, er sah irgendwie noch melancholischer aus als sonst. »Schön,
dass ihr da seid.«

Im Hintergrund spielte eine Musik, die ich noch nie
gehört hatte und die mit Nellys »Horrorpops« nicht
das Geringste gemein hatte.

»Hast du etwa gekifft?«, fragte Nelly.

»Ist doch egal«, antwortete Kai. »Kommt mal in die
Küche.«

Ich war erleichtert, dass mich offenbar doch keine

223

Moralpredigt erwartete, stellte meine Badesachen in die Ecke und ging in die Küche. Dort sah es aus wie beim *Ederer* in München: Stoffservietten, Kerzenschein, langstielige Gläser. Nelly und ich sahen uns an.

»Erwartest du noch jemand?«, fragte sie. »Cameron Diaz oder so?«

»Setzt euch«, sagte Kai und holte eine Flasche Champagner aus dem Kühlschrank.

Jeder bekam einen Schluck, auch Nelly.

»Ich will aber nicht«, sagte sie.

»Doch«, antwortete Kai, »du willst. Du weißt es nur noch nicht.«

Wir fingen an zu essen und eine Weile sagte keiner etwas.

Dann sah Kai mich an: »Deine Mutter ... die hat doch dieses Modelabel, stimmt's?«

»*Ancora*, ja«, antwortete ich.

Kai langte hinter sich und nahm einen gefalteten Zettel vom Kühlschrank. Es war ein ausgedrucktes Foto von Mama, von ihrer Internetseite: »Ist sie das?«

Nelly und ich legten gleichzeitig unser Besteck hin.

»Ja«, sagte ich, »wieso?«

Kai nahm das Blatt und besah sich das Foto. »Also, wenn das deine Mutter ist, dann hab ich schlechte Neuigkeiten für dich.«

Jetzt hörten Nelly und ich sogar auf zu kauen.

»Dein Vater ist kein brasilianischer Schiedsrich-
ter.«

Ich musste aussehen, als könnte ich nicht bis drei
zählen. Aber Nelly ging es auch nicht besser.

»Und wieso nicht?«, fragte Nelly.

4

Die *Speed Queens* hatte es wirklich gegeben. Bis vor
14 Jahren. Kais Band. Es war der Titel eines Buches,
das er damals gelesen hatte. Hätte ich ihm gegenüber
den Namen erwähnt – na ja, dann wäre ihm gleich ein
Licht aufgegangen.

War eine schräge Zeit, damals. Kai hatte mit seiner
Band in einem schimmligen Keller schräge Musik
gespielt, schräge Drogen genommen, schräges Zeug
gedacht. Dann wurde der Sänger Vater und kehrte
der Band den Rücken. Der neue Sänger war gut und
brachte außerdem zur dritten Probe einen Freund mit,
der bei einem kleinen Plattenlabel arbeitete. Einen
ganzen Abend lang hörte er sich die *Speed Queens* an,
anschließend sagte er: »Grunge. Ihr seid Grunge. Da
gibts 'n Markt für.« Wenig später hatten sie einen
Plattenvertrag in der Tasche. Sie gingen auf Tour,
lauter kleine Clubs, zum Warmspielen, Drogen, der
Traum von der großen Karriere.

»Und wieso Carlos?«, fragte Nelly, die bis eben geglaubt hatte, ihren Vater zu kennen.

»So nannten sie mich – Carlos.« Kai deutete mit
dem Kopf Richtung Tür. »Die Musik, die die ganze

Zeit läuft: Carlos Santana.« Er trank einen Schluck Champagner und lehnte sich zurück. Aus dem Flur kam ein jaulendes Gitarrensolo. Die Kerzen warfen flackernde Schatten auf Kais Gesicht. »Ich war ziemlich gut, weißt du?«

Ich konnte sehen, wie Nellys Welt nach und nach aus den Fugen geriet: »*Du* kannst Gitarre spielen?«, fragte sie.

»Konnte. Wie Carlos.«

»Ist das nicht dieser Langhaardackel, der seine Gitarre mit einem Leierkasten verwechselt?«

»Genau der.«

»Is ja krass.«

Während die *Speed Queens* auf Tour waren, saß Sandra in Berlin, mit gebrochenem Herzen und dickem Bauch. Kai und sie waren nie wirklich zusammen gewesen, schwanger war sie trotzdem geworden. Das Kind wollte sie auf jeden Fall behalten. Kai war hin- und hergerissen. Einerseits eine tolle Vorstellung, ein Kind zu haben. Andererseits war ihm eine Beziehung schon zu viel, ganz zu schweigen von einem Kind. Er wollte doch mit seiner Musik die Welt erobern! Und was es für die *Speed Queens* bedeuten würde, wenn er ein Kind hätte, das hatte er an ihrem letzten Sänger gesehen. Kind und Band, das ging nicht zusammen. Kai versuchte es dennoch.

Sie sollten vor der Geburt wieder zurück sein. Wie

es danach weiterginge, würde man sehen. Jeden Abend spielten sie in einer anderen Stadt. Es lief besser als erwartet, ein richtiger Erfolg. Menschen mit leuchtenden Augen standen vor der Bühne und riefen »Zugabe«. Bei dem Gedanken daran, was ihn in Berlin erwartete, war Kai euphorisch und fühlte sich gleichzeitig wie an die Leine gelegt.

Und dann hatten sie dieses Konzert in München. Ein Reinfall, kurz vor dem Desaster. Die Leute standen mit langen Gesichtern im Raum herum und fragten sich, was sie mit der Musik anfangen sollten. Kai war es egal. Er hatte sich mit Kokain vollgedröhnt. Zwei Stunden vor dem Auftritt hatten Sandra und er am Telefon einen Riesenstreit gehabt. Sie war übers Wochenende in das Ferienhäuschen ihrer Tante nach Hiddensee gefahren, weil sie hoffte, sich dort klar darüber zu werden, wie ihr Leben nach der Geburt des Kindes weitergehen könnte.

Zwei Tage war sie am Strand entlanggegangen – auf dieser scheiß Insel, ohne Telefon, ohne richtige Straßen, ohne Handy, ohne Autos –, dann war sie zu der Erkenntnis gelangt, dass Kai kein guter Vater für ihr Kind sein würde. Und deshalb auch kein guter Mann für sie. Sandra brauchte jemanden, auf den Verlass war, der Verantwortung übernahm, ohne Band und ohne Drogen. Die *Speed Queens*, das wusste Sandra, würde Kai ihretwegen niemals aufgeben, und solange es die Band gab, würde es auch Drogen geben.

228

Also hatte sie ihn von einer Telefonzelle aus angerufen und gesagt, er brauche nicht zurückzukommen. Sie würde das Kind lieber alleine bekommen, und aufziehen würde sie es auch ohne ihn. So wären alle besser dran.

Sandra konnte noch nicht lange zurück sein, als sie plötzlich Blutungen bekam und die Wehen einsetzten. Fünf Wochen vor dem errechneten Termin. Die Nachbarn hatten ein Telefon und riefen den Arzt. Bis der endlich kam, konnte Sandra sich schon nicht mehr auf den Beinen halten. Er versuchte, die Blutung in den Griff zu kriegen, merkte aber schnell, dass er der Situation nicht gewachsen war, und forderte den Rettungshubschrauber an. Sandra starb auf dem Weg nach Schwerin. Nelly überlebte.

Kai wandte sein Gesicht ab. »Glaubt man nicht, oder?«, fragte er gegen die Wand. »Dass so was heute noch passiert …«

Ich blickte zu Nelly, die immer ungläubiger aussah.

»Wenn ich damals bei ihr geblieben wäre …«, flüsterte Kai. »Kein Highlight in meinem Leben.«

Aber davon wusste Kai an dem Abend noch nichts. Er wusste nur, dass Sandra sein Kind ohne ihn bekommen wollte. Also dröhnte er sich zu, ging auf die Bühne, vergaß alles um sich herum und sehnte sich nach jemandem, der ihn in den Arm nehmen würde.

Nach dem Konzert kam Martin, der Schlagzeuger,

dann mit zwei Studentinnen in den Backstage-Bereich. Die Stimmung war gedrückt. Aber da waren sie wieder: die leuchtenden Augen, die ihm das Gefühl gaben, er sei der Größte. Und noch immer sehnte er sich nach jemandem, der ihn in den Arm nahm. Die leuchtenden Augen gehörten Natascha. Und Sandra war weit weg und wollte sein Kind ohne ihn großziehen.

Kai sah mich an: »So wie es aussieht, wurdest du in der Nacht gezeugt, in der Nelly geboren wurde«, sagte er. »Und in der Sandra starb.«

Als Kai erfuhr, was passiert war, brachen sie die Tour ab und fuhren zurück. Und als er Nelly das erste Mal im Arm hatte, war ihm klar, dass *sie* ab jetzt sein Leben sein würde. Er verkaufte sein Equipment, begrub seine Vergangenheit als Musiker, brach jeden Kontakt zu seinen ehemaligen Bandmitgliedern ab und rührte nie wieder eine Gitarre an. Die Platte kam nie zustande.

Nellys Tränen bildeten kleine Rinnsale auf ihren Wangen. Dafür, dass sie nach eigener Auskunft niemals weinte, hatten sie die letzten Tage ganz schön weichgekocht. Ich war ja erleichtert, dass endlich auch mal jemand anderer Tränen in den Augen hatte und nicht immer nur ich. »Wieso hast du mir das *so* nie erzählt?«, fragte sie.

Kai griff nach ihrer Hand. »Ich hatte Angst, dass du glaubst, ich hätte dich nicht gewollt«, sagte er.

»Und meinetwegen hast du die Musik an den Nagel gehängt?«

»Na ja, man könnte auch sagen: Du hast mich vor mir selbst gerettet.«

Natürlich war es Nelly, die nach diesem Schock als Erste ihre Sprache wiederfand. Sie stand auf und nahm ihr Champagnerglas.

»Aufstehen«, sagte sie, »los, aufstehen!«

Kai und ich standen auf und nahmen unsere Gläser.

»Auf meinen Vater«, verkündete sie und stieß mit ihm an. »Und auf meine Schwester.«

»Du hast eine Schw…«, setzte ich an, aber dann fiel mir ein, dass *ich* ja ihre Schwester war. Und sie meine. Wir stießen an.

»Und auf mich«, ergänzte Nelly und trank ihr Glas in einem Zug leer. »Geiles Zeug.«

Wir umarmten uns ungeschickt – mit »wir« meine ich uns drei – und ich dachte noch: wie komisch! Ich war nach Berlin gekommen, um meinen Vater zu suchen, und hatte dabei meinen Vater, meine Schwester und meinen Freund gefunden.

Ich nahm das Telefon aus der Ladeschale und reichte es Kai, der mich fragend ansah: »Ich erwarte, dass du meine Mutter anrufst«, sagte ich. »Und zwar jetzt.«

231

DANACH

Ich bin immer noch in Berlin. Hab ein paar Tage verlängert. Morgen kommt Mama und dann fahren wir gemeinsam zurück. Auf das Wiedersehen von ihr und Kai bin ich sehr gespannt. Aber das wollte ich gar nicht schreiben. Ich wollte schreiben, dass ich jetzt weiß, dass man in der Schule tatsächlich etwas fürs Leben lernen kann und dass Frau Trenner recht hatte: Man sollte sich nie zu sicher sein, dass das, was man sieht, auch wirklich das *ist*, was man sieht.

Wie das mit dem Ziel und dem Weg ist, wird mir wahrscheinlich immer ein Rätsel bleiben. Manche sagen, der Weg sei das Ziel, andere meinen, man dürfe sein Ziel niemals aus dem Blick verlieren, wieder andere glauben, dass ein Ziel zu haben an sich schon schlecht sei. Inzwischen habe ich den Verdacht, dass es gar keine allgemeingültige Wahrheit gibt, was das mit dem Weg und dem Ziel betrifft, sondern dass jeder für sich selbst herausfinden muss, was das Richtige für ihn ist. Ich jedenfalls habe mein Ziel erst erreicht, nachdem ich es schon abgeschrieben hatte.

Vielleicht sollte man auch einfach ein bisschen Vertrauen darin haben, dass die Dinge, die geschehen sollen, auch geschehen werden. Aber nur, wenn man sich auf den Weg macht. Das weiß ich jetzt. Und vielleicht ist das ja das Wichtigste: sich auf den Weg machen. Denn wenn man nicht versucht, sein Schicksal selbst zu bestimmen, kann man nicht erwarten, dass es macht, was man von ihm will.

Was Konfuzius angeht: Da bin ich nicht weitergekommen. Er war sicher ein schlauer Mann, aber besonders symphatisch kommt er nicht rüber, da hat Nelly schon recht. Eher so klugscheißermäßig. Und es muss auch nicht immer alles stimmen, bloß weil es jemand Schlaues gesagt hat. Meint Nelly. Und die ist selber ziemlich schlau. Von der kann man eine Menge lernen, auch wenn ich finde, dass sie manchmal ganz schön aufdreht. Gestern hat sie mir erklärt, dass schwarze Schiebermützen total korrekt seien, Nietenarmbänder aber total daneben. Ich für meinen Teil weiß ja nicht, was an einem Nasenring oder einer Schiebermütze weniger albern sein soll als an einem Nietenarmband, aber so ist sie eben. Vielleicht frage ich sie noch, vielleicht auch nicht.

Jetzt zu Jonas. Mann, kann der küssen! Ich wusste gar nicht, dass das geht. Mir wird jedes Mal schwindelig, ehrlich! Und ich finde es super, dass er kein Überflieger ist. Ich meine: Sein Bruder Felix ist auch echt klasse, aber mir gefällt, dass Jonas sich nicht so in den Vordergrund drängt. Er ist auch viel sensibler als sein Bruder. Jedenfalls hätte mir Felix garantiert kein abgenuckeltes Stofftier geschenkt, damit ich mich nicht so alleine fühlte.

Noch etwas: Jetzt, wo ich das alles aufgeschrieben habe, überlege ich, ob ich damit nicht noch einmal zu dem Agenten gehen sollte. Schließlich hat er gesagt, wenn ich ein gutes Ende hinbekomme, soll ich mich noch mal melden. Und ich finde, das Ende habe ich ziemlich gut hinbekommen – auch wenn ich selbst wenig dazu beigetragen habe.

So, ich schätze, das war's jetzt. Nur eine letzte Sache muss ich noch aufschreiben. Ist gestern passiert. Jonas und Felix mussten am Alexanderplatz aussteigen, Nelly und ich sind weitergefahren.

»Pass auf«, sagte Nelly und blickte unauffällig zum Bahnsteig. »Gleich passiert was total Krasses.«

Ich wusste nicht, wo ich hingucken sollte. Etwas Besonderes gab es eigentlich nicht zu sehen. Jonas stand auf dem Bahnsteig und winkte zaghaft, Felix saß auf einer Bank, die Ellenbogen auf die Knie gestützt, und guckte gelangweilt in die Gegend. Sein rechter Schuh klopfte auf den Boden, sein Skateboard hatte er neben sich gelegt, die Rollen nach oben, wie ein Tier, das seine Pfoten in die Luft streckt.

»Wo denn?«, fragte ich.

»Warte.« Nelly sah genauso unbeteiligt zur Haltestelle, wie Felix in die Gegend blickte. »Gleich.«

Dann ertönte das Signal, die roten Lichter blinkten

auf, die Türen schoben sich zusammen und die S-Bahn setzte sich in Bewegung. Jonas fing an zu schmunzeln. Wir waren bereits die ersten Meter gefahren, da klemmte sich Felix sein Skateboard unter den Arm, sprang von seinem Sitz auf und rannte auf uns zu. Mit zwei Schritten lief er neben unserem Fenster den Waggon hoch, machte einen Rückwärtssalto, landete mit beiden Füßen auf seinem Skateboard, zwinkerte uns zu und rollte davon. Mir blieb der Mund offen stehen.

»Ich liebe es, wenn er das macht«, sagte Nelly.

»Krass.« Mehr bekam ich nicht heraus. »Total krass.«

»Sag ich doch«, sagte Nelly.

Ich weiß: Mit dem Rest der Geschichte hat das eigentlich nichts zu tun, aber das war einfach so genial, dass ich's aufschreiben musste. Und wenn mich jemand fragen würde, wie ich mich fühle, wenn ich an all das zurückdenke, was mir in der letzten Woche passiert ist, dann würde ich sagen: so.